魔幻偵探所

26

魔鬼來電

關景峰 著

新雅文化事業有限公司
www.sunya.com.hk

魔幻偵探所
人物介紹

南森

身分：魔幻偵探所創辦人、領頭羊

年齡：120歲

畢業學校：斯塔福德學院（伏魔系）

學位：博士

捉妖經驗：108年，獲得「捉妖能手」、「怪獸剋星」等稱號

性格：遇事鎮定、善於思考，生氣時聽到幾句好話氣就消了

最具殺傷力的武器：
顯形粉、細妖繩、無影鋼鐵牆

海倫

身分：魔幻偵探所成員，南森的得力助手

年齡：13歲

畢業學校：劍橋大學（法術系）

學位：學士

捉妖經驗：1年

性格：開朗、逢事觀察細緻，吵架時總讓着本傑明

最具殺傷力的武器：細妖繩、凝固氣流彈

本傑明

身分：魔幻偵探所實習生

年齡：11 歲

就讀學校：牛津大學（捉妖系）

捉妖經驗：3 個月

性格：聰明淘氣、遇事毛躁

最厲害的戰術：非常規戰術

派恩

身分：魔幻偵探所實習生

年齡：10歲

就讀學校：倫敦大學魔法學院
　　　　　（反幽靈技術系）

捉妖經驗：1個月

性格：聰明活潑，非常好勝，有時
候喜歡誇誇其談

保羅

身分：魔幻偵探所機械狗

年齡：100 歲

工作能力：無所不知的電腦資料
庫，善於用百分比分析事物

性格：異想天開、調皮、懶惰

最喜歡的食物：潤滑油

最具殺傷力的武器：追妖導彈

綑妖繩

能夠對準魔怪迅速旋轉收縮，將它綑緊綁實，繩子一旦落到魔怪身上，就像嵌入肉裏，魔怪越掙脫綁得越緊，當然放繩子時可要放得準才行。

無影鋼鐵牆

這堵牆其實就是氣流，它把氣流變成了無影無形的鋼鐵牆壁，能將敵人困在其中，衝不出去。

顯形粉

這是一種非常神奇的粉末，即使魔怪偽裝、隱形了也完全能顯現出它的原形。對了，「顯形」就是「現出原形」的意思！

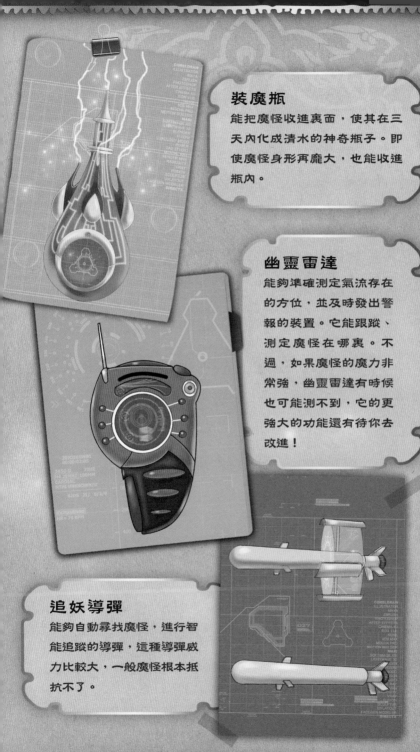

裝魔瓶

能把魔怪收進裏面，使其在三天內化成清水的神奇瓶子。即使魔怪身形再龐大，也能收進瓶內。

幽靈雷達

能夠準確測定氣流存在的方位，並及時發出警報的裝置。它能跟蹤、測定魔怪在哪裏。不過，如果魔怪的魔力非常強，幽靈雷達有時候也可能測不到，它的更強大的功能還有待你去改進！

追妖導彈

能夠自動尋找魔怪，進行智能追蹤的導彈，這種導彈威力比較大，一般魔怪根本抵抗不了。

魔幻偵探開始行動！

目錄

第一章　偵探所裏的小爭鬥

「嗨，本傑明，在看什麼呢？」派恩坐到沙發上，看着捧着漫畫的本傑明，「噢，《龍騎士》，這本書不錯，我每集都看……」

「不要沒話找話，不要妨礙別人。」本傑明放下漫畫書，指着派恩的辦公桌，「坐到你的座位上去。」

「嗨，本傑明，不要老是這樣對我！」派恩站起來，揮了揮手，「我知道你看我不順眼，老實説我看你也不順眼……」

「那麼好了，你做你的事情好了，」本傑明把手一攤，「別來打攪我……」

「好，行！我天下第一超級無敵魔幻小神探是不會和你計較的……」

「拜託！」本傑明苦笑起來，「不要總是天下第一超級魔幻小神探……」

「無敵，你落了『無敵』兩個字。」派恩連忙糾正。

「隨便啦。」本傑明突然轉轉眼珠，「喂，我説小神

8

探，我們來做一個試驗吧？」

「做試驗？」派恩立即興奮起來，他很是好奇，因為本傑明終於願意和自己説話了。自從來偵探所實習後，本傑明就對他愛答不理的，「什麼試驗？」

「你不是第一又無敵嗎？你用雙手拉着自己的耳朵，使勁拉，把耳朵拉長拉大，這時候，我保證你吐不出舌頭來！」本傑明狡猾地笑了笑。

「不可能！」

説着，派恩左右手分別抓着自己的左右耳，用力開始拉，同時開始吐舌頭，他很是順利地吐出了舌頭。

「哈哈哈……」本傑明大笑起來，這時，保羅從偵探所裏面的房間走出來，本傑明連忙指着派恩，「保羅，看看這個小神探，像不像一隻吐舌頭的豬？」

「你！」派恩意識到自己被騙了，他有些憤怒了，指着本傑明，「你耍我！」

「沒錯！你答對了！」本傑明説着還比劃了一下，「還小神探，這麼容易被騙……」

「你！」派恩真的生氣了，「你要道歉！你耍我！」

「喂，你們兩個，不要吵了。」保羅直立起身子，「以前是本傑明和海倫吵，現在是本傑明和派恩吵，煩死

我了！」

「看看，每次都有本傑明！」派恩抓住了這點，他指着本傑明，「你看誰都不順眼，原因是你自己有問題！你給我道歉！」

「我有問題？給你道歉？」本傑明冷笑着，「你這小笨豬，做夢吧！」

「哇，你還敢罵我！」派恩説着猛地推了本傑明一把。

「哈，還敢動手！」本傑明瞪着派恩，突然一揮手，「好動話多的小笨豬，給我靜立噤聲！」

本傑明唸的是魔法口訣，隨着他的口訣，一道白光飛向派恩，命中派恩後在他身體周邊繞了一圈，派恩立即站立在那裏，嘴巴裏發出「哇哇」的聲音，就是説不出話來。

保羅連忙跳着腳勸阻，以前本傑明和海倫只是吵吵，現在和派恩居然開始動手並動用魔法了，而此時海倫陪博士去醫院覆診了，保羅很是着急。

派恩「哇哇」了半天，手腳像是被捆住了，抬不起來，本傑明在一邊哈哈大笑。終於，派恩的一隻手抬了起來，隨後指向本傑明。

　　「多嘴多舌！」派恩的嘴裏雖然含糊不清，但還是唸出了口訣。

　　一道淡藍色的光飛快地撲向本傑明，射中本傑明後迅速圍繞住他，本傑明先是愣了一下，隨即嘴裏開始急速地說話，不過語速達到正常語速的十倍，「吱吱嗚嗚」的，也不知道他在說什麼。

　　「哇哇哇哇……」派恩吃力地指着本傑明，他並未完全擺脫本傑明實施的魔法。

　　「吱吱嗚嗚——」本傑明激動地比劃着，語速飛快，他也沒能擺脫派恩的魔法。

　　兩人越說越激動，互相揮着拳頭接近，似乎要大戰一場，保羅在他們中間跳起來，大聲叫着，阻止着他倆。

　　這時，門鈴響了起來。他們都沒有去開門，不過緊接着是鑰匙開門的聲音，海倫推開了門，她在外面聽到了裏面激烈的爭吵聲。

　　「怎麼回事，你們吵什麼！」海倫看出來他倆都被施了魔法，先指指本傑明又指了指派恩，唸了句口訣，「恢復還原！」

　　「……哇，你給我道歉……」派恩復原後，激動地指着本傑明，「我一來這裏……不對，還沒來你就欺負

我……」

「……你有什麼了不起，在我本傑明面前自稱天下第一……」本傑明也復原了。

「閉嘴——」海倫突然大喊一聲，這聲音像是要穿破屋頂一樣。

本傑明和派恩都嚇了一跳，不再相互指責了。門口，南森博士拄着拐杖，看着本傑明和派恩，皺着眉，搖着頭。

「説吧，你們兩個，怎麼回事？」海倫的聲音低了一些，「魔法師之間互相施魔法，你們想被聯合會開除是不是？」

「他耍我，他騙我當小豬……」派恩小聲説道。

「他一天到晚囉嗦個沒完……」本傑明跟着説。

「拜託！你們兩個有沒有腦子？」海倫繼續教訓着他倆，「為這點小事吵架，還使用魔法，你們……」

「算啦算啦……」南森走了過來，他的腿一瘸一拐的，很是不穩，「以後不要吵啦……」

「博士！」海倫看着南森，「你總是護着他們，派恩第一天來的時候就和本傑明吵架，那時你不讓我説他們，現在他們都互相用魔法攻擊了！」

「這個……」南森說着像派恩和本傑明一樣低下了頭。

「哇，好厲害的管家婆。」保羅看着一臉興奮。

「保羅。」海倫說着看了保羅一眼，保羅也不說話了。

「本傑明，一天不許玩遊戲，派恩，洗碗一天。」海倫想了想。

「一天不許玩遊戲？」本傑明立即叫了起來。

「那兩天。」海倫立即說。

「那就一天吧。」本傑明很是不高興，「現在就你厲害了……」

「不服氣嗎？」海倫仰了仰頭，「博士受傷了，委託我管理偵探所。拜託，為了讓博士安心養傷，你們也不要吵了好不好？」

「博士，你怎麼樣了？」派恩連忙走過去問。

「都很好，就是要恢復一段時間。」南森說着坐到沙發上，「按時吃藥，每天都要去醫院做理療，一個月後就能恢復得差不多了。」

「那太好了。」本傑明很是高興，他看着南森，「博士，你快點好起來吧。」

「我們以後不吵架了。」派恩坐到了南森身邊，「我天下第一無敵魔幻小神探説話算話。」

「噢。」本傑明閉上眼睛，頭一仰，「又來了。」

正在這時，桌子上的電話響了，派恩搶着去接電話，他拿起電話説了兩句，看了看南森。

「魔法師聯合會打來的，找南森博士。」

海倫扶起南森去接電話，南森接過電話後説了幾句話，臉色陰沉下來，對方一直在説話，南森只是偶爾插幾句話，電話那邊很關心南森的身體，本傑明他們都很安靜，憑他們的預感，又有比較嚴重的案件發生了。

「……我會儘快答覆你，等我的回電……」南森説着放下了電話。隨後，他用陰鬱的目光看着大家，「哥本

哈根有個案子，兩人遇害，一個是在兩天前，一個是在一天前，當地魔法師確認是魔怪作案，但是那裏沒有魔法偵探，所以請求倫敦的魔法師聯合會緊急支援，聯合會想讓我去，不過他們知道我的身體⋯⋯」

「哥本哈根，那可是在丹麥。」海倫立即搖着頭說，「你現在每天要去醫院理療，按時吃藥按時休息，否則會有嚴重後遺症的！博士，你現在走路都不穩，怎麼可能出差。」

「你可以向他們推薦我們去處理這個案件。」本傑明一本正經地說，「我們的情況聯合會是知道的⋯⋯」

「對呀，博士，我們可以破案的，實在遇到難題可以給你打電話呀。」海倫跟着說，「你安心地在家裏休養，我們出差去哥本哈根。」

「其實⋯⋯我也這樣想的⋯⋯」南森點點頭，「上一個案件我受傷後你們接手，完美地完成了任務，我相信你們可以的。那麼⋯⋯你們去哥本哈根吧！」

「哇，太好了。」派恩跳了起來，「剛來偵探所就出差，哥本哈根，我從來沒有去過⋯⋯」

「這可不是遊山玩水。」保羅提醒道，「哪一次出差都會經歷一場拼殺，你可要做好準備。」

　　「我知道，我可是天下第一超級……」派恩大聲地說，不過他猛地意識到什麼，聲音變得極小，但是他一定要說完，「……魔幻小神探。」

　　「保羅說得對，尤其這次面對的魔怪已經連害兩命，兇殘得很。」南森環視着大家，「這次辦案，海倫領隊，你們幾個要聽從她的安排，遇到難點，要一起討論。」

　　「今天這種吵架，一定要杜絕！」海倫立即接過話。

　　「真把自己當博士了。」本傑明小聲地說。

　　「本傑明。」海倫看看本傑明，拉長語調說。

　　「是，聽你的指揮。」本傑明立即立正，他看看南森，「放心吧博士，我們一定把那個魔怪給抓住。」

　　「很好，事不宜遲。」南森說着拿起了電話，「我馬上給聯合會打電話。」

第二章　前往哥本哈根

一天後，哥本哈根凱斯楚普國際機場2號航站樓大廳，一個金髮年輕人手裏拿着一塊牌子，上面寫着海倫的名字，他焦急地在接機出口來回走動，一直看着走出來的旅客。

年輕人叫彼得森，是丹麥魔法師聯合會的魔法師，最近發生在哥本哈根的魔怪殺人案件弄得他們焦頭爛額，他們沒有專業偵探，只能通過倫敦魔法師聯合會向南森博士求援，不過倫敦魔法師聯合會回覆說南森受傷，會派他的幾個助手前來。對於海倫、本傑明的名字，彼得森是知道的，也清楚他們的能力，但是著名的南森不能來，他的心裏還是有些不安穩。

出口通道那裏，一個女孩邁着輕盈的步子走了出來，她的身後跟着兩個男孩，其中一個還抱着一隻「玩具狗」，這一定是他們，彼得森連忙向他們舉起了牌子。

「你好，你是彼得森先生？」海倫說着伸出了手，「我是海倫，飛機稍微有些延誤……」

「歡迎你們，感謝你們的幫助。」彼得森連忙說，他又和本傑明握手，再看看派恩，「噢，這位是本傑明先生吧？報紙上看到過。那麼這位是……」

「他叫派恩。」本傑明很是得意地看了看派恩，「他是天下第一超級無敵魔幻小神探，不過知道的人好像不多……」

「會多起來的。」派恩和彼得森握了握手，「我是魔幻偵探所的新實習生，也是南森博士的助手。」

「歡迎你。」彼得森連忙說，他看到了保羅，上去摸了摸保羅的頭，「還在扮演玩具呢，我知道你會說話。」

「我正在矯正我的統計系統，上飛機前我就計算同機能遇到幾個延森、尼爾森和漢森──丹麥三大姓氏。」保羅很是平靜地說，「果然，我們的前排座位就有個延森，和我事先統計的概率一樣。」

「你對我們還真有了解。」彼得森很是驚奇。

他們上了彼得森的車，彼得森將直接帶他們去酒店，辦案期間，他們被安排住在哥本哈根西南的飛馬酒店，之所以被安排在這裏，是因為這個酒店就在案發區域內。

汽車上，對整個案件並不了解的海倫他們沒有急着問，也許是相互不熟悉的原因，車上的氣氛有些沉悶，彼

得森專心地開車，海倫看着窗外的景象，但是想着心事，只有派恩表現得極為興奮，他看着城市兩側那乾淨整潔的街道，風格獨特的大樓，不時地發出感慨，不過這引來了本傑明的不屑。

很快，他們到了酒店。進入酒店套房後，彼得森叫他們把行李放到各自的房間，他沒有走，而是在客廳的茶几上攤開了一張哥本哈根的地圖。

海倫他們很快從房間裏出來，大家圍到彼得森的身邊，海倫拿着一個小本子，彼得森看了看大家，然後指了指地圖，開始了正式的案情介紹。

「案件最早發生在三天前，也就是本月7號晚，一家快餐店的外賣送遞員外出送外賣後失蹤，那家快餐店在這裏。」彼得森用手指點了點地圖，「市南的斯凱威大街。第二天的晚上，另一家薄餅店的送遞員外出送外賣後失蹤，這家薄餅店在雷格路，距離斯凱威大街不遠。9號早上，兩人的屍體在哈根圖普河出海口處被發現，而這條河正好和斯凱威大街平行，最窄處相距只有十幾米。」

「那麼案發地就是這個區域？」海倫指着地圖問。

「具體地點不能確定，但應該就是這裏。」彼得森說，「兩個受害者遇害後就在這個區域被扔進了哈根圖普

20

河，屍體沿河向下游漂去，最後在出海口被發現了，警方的鑒定也是這樣。」

「嗯。」海倫點點頭，「那麼，他倆是怎樣遇害的呢？」

「這就是我要說的最重要的部分，也就是憑藉死因我們推斷出這是魔怪作案。」彼得森的臉色變得非常憂鬱，「兩名死者均死於『人身併入術』！」

「『人身併入術』？」海倫非常吃驚，「這、這……這個方式魔怪很少使用……」

「但是兇手還是用了，而且失敗了……」

「你們說的『人身併入術』……」本傑明看了看海倫和彼得森，派恩在一旁也豎起耳朵，因為他對這個魔法也不了解。

保羅很快就從自己的資料庫中調出了資料，並解釋給他倆聽。「人身併入術」是一種魔怪隱身於人身中的法術，有些魔怪想要狡猾地隱身或者躲避魔法師的追殺，會隱藏進人的身體，被隱身的人在魔怪進入身體後就死亡了，從此魔怪就會用那個人的身分生活，這是實施這種魔法成功後的結果。可是，如果施法不成功，進入人身體的魔怪無法操控這個人，甚至連手腳都抬不起來，魔怪就會

為什麼魔怪要多次使用對自身法力有損害的「人身併入術」?

退出這個人的身體,所以無論施法是否成功,被利用的人的結局都是死亡。

這個魔法之所以被大多數魔怪棄用,一是此種魔法實施成功率不高,二是一旦實施不成功,對魔怪自身法力的折損也很大。

這個案件中,警方最先對兩個受害者進行了檢查,沒有發現兩人身體有任何傷口,更無病死特徵,所以想到可能是魔怪作案。魔法師被請去檢查後,立即發現兩人都是因為失敗的人身併入術而死亡的,魔法師因此確認這個案件就是魔怪作案。

本傑明和派恩了解了情況後,都感到很吃驚,一般魔怪儘管殘忍,但是為了防止魔法師的打擊,也會盡可能不去害命。這個案件的兇手一上來就連害兩命,而且不惜自

22

身受損，確實讓人感到費解和恐怖。

「兩個外賣送遞員都是在送外賣時被害，那麼誰叫的外賣？」海倫想了想，問道，「罪犯似乎很好鎖定，如果不是半路被劫殺，訂外賣的人就是疑犯，不是嗎？」

「嗯，這個比較好推斷。」彼得森說，「警方進行了全面調查，事發時間外賣送遞員會經過的道路比較平靜，警方排除了半路劫殺的可能。事實上，兩個外賣送遞員都是被一個號碼是4135972005的電話訂餐叫去的。」

「查這個號碼呀，還有就是派送地址！」派恩搶着說。

「派送地址是格文路317號，這是一個獨立的小房子，戶主常年在意大利工作，根本不回家，房子委託給一個親戚打理，但是這個親戚近年來身體一直不好，經常三、四個月才來一次，這個親戚是一個老婦人，案發時正在住院，從未離開過醫院，所以當時她不在那所房子裏，老婦人也說除了自己有房子鑰匙，別人沒有，事後警察和魔法師檢查過那所房子，裏面都結了蜘蛛網，事實上老婦人四個多月都沒去過那所房子了，警方判斷，近期內根本就沒人進過那房子。」彼得森解釋着，「另外，也不是她打的電話，快餐店和薄餅店的接線員也證實打電話訂餐的是個男的，所以說……派送地址其實根本就沒有人。」

「叫外賣給個假地址？」海倫很是不解，「那麼那個電話號碼呢？查了吧？」

「電話號碼是交費就能辦理的那種，沒有任何證件登記，辦理人留下了一個假地址，還有個名字，應該也是假的。」彼得森聳了聳肩，「這電話查不到是誰辦的，電話記錄可以查到，但是只有打給快餐店和薄餅店的記錄，還有三個電話接聽記錄，兩個是外賣送遞員打給這個號碼

24

的，另一個是推銷電話。」

「這麼說⋯⋯」海倫在本子上認真地記錄着，「辦理這個電話應該就是為了作案專用的。」

「警方也是這個看法。」彼得森點點頭。

「很蹊蹺的案子，叫外賣卻留個假地址。」海倫微微地點着頭，「電話辦理人也查不到，通話記錄加起來⋯⋯一共只有五個，對嗎？」

「是的，開辦了不到一個月，通話記錄只有案發那兩天的五個電話。」

「這個打電話的人，可以確認就是案件的兇手了，起碼是和這個案件有聯繫。」海倫想了想說，「兩個受害者還給他打了電話，按照我的推斷，地址是假的，外賣送遞員看到沒有人，自然而然會打電話給下單人，結果被引到了死亡之地。送遞員外派時都會帶着客戶電話，而且送遞員一般也不會打回店裏說客戶變換地址，他們只要能送到貨收到錢就行。」

「噢，果然是倫敦來的大偵探。」彼得森用讚許的口氣說，「這麼快就想到了這一點，警方也這樣認為，送遞員給兇手打了電話，被兇手找理由指引到了真正的案發地，魔怪等在那裏，殺害兩人並拋屍，而假地址和魔怪本

身沒關係,按地址查是查不到魔怪的。可惜事發路段都沒有街面監控攝像,沒有拍到送遞員最終去了哪裏。」

「是呀,拍到了就簡單了⋯⋯你剛才説的,應該就是案發的過程。」海倫又在本子上記錄了幾句,「可以推斷,案發地距離假地址不會太遠,距離快餐店和薄餅店也不遠,如果遠了,外賣送遞員有理由不去。」

「那案發地一定就在這個區域。」本傑明上前指着地圖説。

「是的,我也是這樣認為的。」派恩唯恐落下,搶着説道。

「對,這個可以確定。」海倫點點頭,她看看彼得森,「這個區域搜索過嗎?」

「搜索了兩次,我參與了其中一次。」彼得森有些遺憾地説,「整體來説這個區域的居民不算多,公司和工廠倒是有一些,一到晚上顯得比較安靜,搜索難度不大,但是我們沒有找到任何魔怪痕跡。」

「會不會作案失敗後跑掉了?」派恩問。

「有這個可能。」彼得森説。

「那個打給快餐店的訂餐電話,事發後有沒有關機?」海倫突然想到一個問題。

　　「警方試着打過一次，手機開機但無人接聽，後來警方怕驚動魔怪，便沒有再打了。」

　　「我需要那個電話詳細的通話記錄。」海倫看看彼得森，「另外，現在七點，有點晚了，明天我們要實地勘察。」

　　「嗯，你們早點休息，明天我陪你們去實地勘察。」

　　正在這時，彼得森的手機響了起來，他連忙接通電話，說了兩句，突然滿臉興奮。

第三章　又來電了

「斯凱威大街的一家漢堡店接到了那個號碼的訂餐電話，訂了一份漢堡套餐，還是送到那個地址！」彼得森的手都激動得有點抖了，「魔鬼又來電了！」

「我們馬上去！」海倫說着就站了起來，「保羅，填裝追妖導彈！」

本傑明立即從提包裏取出四枚追妖導彈給保羅裝上，還帶了四枚備用導彈，派恩在一邊迅速檢測了三台幽靈雷達。兩分鐘後，他們出了房間，來到彼得森的車上，彼得森駕車向那家漢堡店駛去。汽車開出後不久，就駛上了斯凱威大街。

「這家漢堡店也在案發區域嗎？」海倫看着大街上的路牌問。

「沒錯，就在這條大街上，距離第一家快餐店不遠……」

「什麼？」汽車旁經過了一輛轟鳴聲非常大的卡車，海倫大聲喊道，「大聲點──」

「距離第一個案件的那家快餐店不遠——」彼得森大聲喊着。

接着，彼得森把警方在案發後擬定的應對方案告訴了大家，警方要求案發區域乃至周邊區域的所有快餐店都要警惕4135972005這個號碼和格文路317號這個地址，同時要求所有外賣送遞員要保持警覺，不要進入訂餐者的家中。剛才4135972005這個號碼一出現，漢堡店的接線員工就立即報警。因為此案被警方嚴密封鎖，媒體並未向外透露消息，兇手並不知道兩具受害者屍體已經被找到，並檢查出是魔怪作案。為防此次來電是魔怪對警方的試探並暗中偷窺，所以警方叫店方按要求準備食物，警方偵探和魔法師則在這家店三百米外的一家酒店大堂集合。

不到十分鐘，彼得森就駕車趕到了那家酒店的大堂，大堂一角的沙發上，坐着好幾個身着便衣的人，其實如果仔細觀察，就能發現他們都很嚴肅，和一般的旅客不一樣。這裏現在是臨時指揮中心。

彼得森帶着海倫他們來到沙發那裏，向他們介紹了那幾個人，有當地警方偵探，也有魔法師。

「……倫敦來的……偵探……」一個身材比較魁梧的魔法師用一種奇怪的眼光看着海倫他們，「南森的助手

吧？」

「這是辛克爾，是我們這裏最厲害的魔法師。」彼得森連忙介紹，「海倫他們是南森博士的助手……」

「噢，南森絕對是個大師，可是這幾個孩子嘛……」叫辛克爾的魔法師眼神裏流露出不屑。

「他們也很棒。」彼得森說，他看了看一個警官，「情況怎麼樣了？」

「一分鐘後辛克爾單獨去那家店，進去後換上店員服裝去送外賣。」那個警官說，很明顯，他們事先有完備的計劃，「辛克爾會通過微型無線對講機和我們聯繫。」

「千萬要小心。」彼得森對辛克爾點點頭。

「放心吧，不管它把我引到什麼地方，哼……」辛克爾冷笑着握了握拳頭。

「出那家店的時候面貌要有些變化。」海倫在一邊提醒道，「我是怕魔怪在暗中觀察店裏的情況，剛進去的人馬上就穿上店員服送外賣會引起他的懷疑……」

「你想得太多了。」辛克爾根本就不看海倫，「完全看到也沒事，我一去上班就被派去送外賣，這很正常。」

「噢，這也對。」海倫點點頭。

「噢，來這麼幾個小孩子，還不如我們自己……」辛

克爾忽然向彼得森抱怨起來。

「辛克爾，你可以去了。」一個警官提示道。

「好的。」辛克爾看看那個警官，「等着，不用你們支援，我只要見到那魔怪就立即把它抓住。」

說完，辛克爾向酒店外走去。

「各崗位注意，鐵錘已經出動。」那個警官拿起了對講機，「白鯨、麋鹿原地待命，鉛筆、芒果移動待命……」

「他說的都是代號。」彼得森小聲地向海倫解釋，「我們有四輛民用牌照警車現在就在案發區域，兩輛靜止待命，另外兩輛在街上巡迴，每輛警車上各有兩個魔法師，一旦確定魔怪的位置，他們都能在五分鐘內趕到。辛克爾是我們這裏最厲害的魔法師，的確，支援趕到前，他可能已經把魔怪擒獲了。」

「你們的布置真周密。」海倫讚歎道。

「警方有各種應變方案，不能有事發生才去臨時想方案。」彼得森說，「確定魔怪位置後，我們也一起趕過去。」

說着，彼得森有些沉重地歎了一口氣，他低着頭，看着地板，海倫有些疑惑地看着他。

「我們有很好的應對計劃。」彼得森小聲說，「不知道對手會有怎樣的變化……」

海倫沒有回話，只是若有所思地點了點頭。

「本傑明。」保羅走到本傑明的腳旁，壓低了聲音，「我們這次會不會白來了？那個傻魔怪又打電話了，這次送外賣的可是魔法師。」

「是呀。」說着，本傑明轉頭看了看派恩，「都怪你，我們以前出差，從來沒有白來過！你一跟着來就……」

「怎麼怪我？」派恩有些激動，「我本來還要大顯身手呢，我天下第一……」

「好了，不要吵了。」保羅連忙制止道，「根據我最新統計的結果，哇，這次計劃成功的可能性在30%以下，噢，這麼低的概率。」

「……鐵錘已經外出，鐵錘已經外出……」警官的對講機裏，傳來辛克爾的聲音，「我將在六分鐘後到達格文路317號……」

「收到，按計劃行動。」那個警官說道，隨後他按下一個按鈕，「白鯨、麋鹿、鉛筆、芒果注意，鐵錘六分鐘後到達格文路……」

大堂的一角，空氣有些緊張了。六分鐘後，到達根本無人居住的格文路那所房子後，辛克爾會先按門鈴，無人回應後會打電話給那個號碼，兇手會把他引向死亡之地。

手持對講機的警官不停地看手錶，彼得森也有點坐卧不寧，關鍵時刻，他們只需要魔怪説出的新地址。

身穿店員服的辛克爾騎着單車來到了格文路317號，這幢獨立的二層小樓無人居住，辛克爾當然知道這點，小樓的外面有個籬笆牆，牆的正面有一扇小門，他看了看小門旁已經被信件和報紙塞滿的信箱，按下了門鈴。

門鈴響了幾聲，無人應答，辛克爾又按了幾下門鈴，一切如預料，不會有人應答的。

辛克爾拿出手機，翻找出4135972005這個號碼，撥了過去。

電話裏傳出撥號聲，撥號聲持續了將近一分鐘，無人應答，辛克爾本來努力着使自己沉住氣，沉着地和魔怪對話，不要被聽出破綻，但是電話無人接聽，辛克爾有些遲疑和緊張了。

過了幾秒鐘，辛克爾再次按下撥號鍵，電話打了出去，撥號音響起，但是一分鐘後，電話自動掛斷，還是無人接聽。

「指揮中心，我在格文路317號門前，無人開門，打電話無人接聽。」辛克爾低下頭，小聲地對着衣領說，那裏隱藏着一個微型對講機。

「再打一次，無人接聽就回去。」辛克爾的耳機裏傳來指揮警官的聲音，「不能多打，以免讓他起疑心。」

辛克爾按照指令又打了一遍，還是無人接聽，他摸了摸車後架上的餐盒，那裏隱藏的其實是魔幻搜索設備，如果發現附近有魔怪，設備就會輕微地震動，他只要摸一摸就知道，外人則發現不了。

餐盒沒有震動，辛克爾騎上單車，向漢堡店駛去，他回頭看了一眼那所房子，房子依舊是那樣平靜。辛克爾向指揮部報告說自己已經返回。

酒店的一角，在這個臨時的指揮中心，突發的情況令大家很是疑惑。

「是不是有什麼疑點被魔怪發現了，於是終止了行動？」本傑明走到彼得森身邊問。

「不會吧，這個方案是經過縝密計劃的。」彼得森搖了搖頭，「接到電話後我們的一個魔法師立即前往那家漢堡店，就是怕魔怪躲在附近觀察情況，但是他用魔怪搜索儀沒有發現任何反應，辛克爾攜帶的餐盒裏也有魔怪搜索儀，他

也沒發現身邊有魔怪反應，也就是說魔怪根本就不在附近，所以即使我們有什麼疏漏的地方，它也發現不了。」

「如果是這樣，也許有這樣一種可能。」海倫平緩地說，「魔怪自己覺得過於冒險，主動放棄了第三次的謀殺計劃，連害了兩命，它一定也很緊張，而且魔怪很多時候的預感還是比較強烈的。」

「我也是這樣認為。」彼得森微微地點着頭，「現在只有再等等，看看魔怪會不會再打電話來，它沒有關機。」

「它一直沒有關機，對吧？」海倫問。

「是的，警方查到那個電話號碼後，打了一個試探電話，也沒有人接。」彼得森說，「我和你們說過了，後來怕驚動它，就沒有再打過。」

「那我們就等等吧。」海倫說着靠在沙發上，現場的人此時都有些無精打采的。

「不會再打來了。」保羅趴在地上，毫無氣力地說，「再打來的概率只有1%，這是我最新統計的結果。」

果然，大家又等了一個小時，魔怪的電話沒有打來，同時，案發區域內其他餐廳也沒有接到那個神秘號碼的電話。

警官發出收隊的指令，十幾分鐘後，辛克爾回到了酒店的臨時指揮中心。

　　一回來，辛克爾就抱怨起來，他解釋説自己完全按照計劃操作，不知道魔怪怎麼突然中止了行動。

　　「……你這邊不會有問題的，我們知道。」彼得森勸慰道，「很大可能是魔怪感覺不對，自動終止行動……」

　　「那怎麼辦？」辛克爾着急地握着拳頭，「就差一點，它要是給我真的地址，我就……哎……」

　　「不要洩氣。」彼得森拍拍辛克爾的肩膀，「也許明天它還會打來，另外，海倫他們明天也要開始正式展開偵查了。」

　　「你説他們？」辛克爾説着看了看海倫和本傑明，臉上露出無奈的表情，「噢，就這幾個孩子，我更沒信心了……」

　　「嗨，我們破過的案件資料你一個月也看不完！」本傑明站起來，很是不高興地指着辛克爾。

　　「是南森，南森破過的案件資料我一個月也看不完！」辛克爾針鋒相對。

　　「你……」

　　「好了，辛克爾，你先回去吧。」彼得森連忙站在他倆中間，一個警官也上來勸阻，「我們都是想要儘快抓到那個魔怪，現在不能爭吵……」

第四章　電話卡銷售部

彼得森開車把海倫他們送回酒店，告別前彼得森約定第二天一早會在酒店大堂等，然後一起去調查。

回到房間，三個人都受到剛才辛克爾言語的影響，各自表現不同，本傑明和派恩非常生氣，海倫則暗下決心，明天開始的偵查，一定要努力。

「你們都不要生氣。」保羅的情緒似乎沒有受到太大影響，「明天我們加油，抓到魔怪後看那個笨蛋怎麼説。」

「哪有那麼容易？看看今天魔怪的表現，馬上就要露出真身了，卻又終止了行動，太狡猾了。」本傑明説。

「如果不行嘛……」保羅搖了搖尾巴，「我們可以給博士打電話啦。」

「老保羅！」本傑明差點跳起來，「你也不相信我們？」

「不能麻煩博士，他要按時休息。」海倫在一邊説，「他的傷還沒有好，就要幫我們處理案件，這可不行，我

們自己解決這件事！」

　　「一定能行，有我天下第一⋯⋯」派恩説着看了看大家的臉色，沒有把稱謂的後半部説完，聲音也越來越小，「我是説⋯⋯明天就看我⋯⋯和海倫的了⋯⋯」

　　本傑明翻翻眼睛，沒再説話。

　　第二天一早，警方已經把號碼為4135972005的電話記錄發送到海倫的電郵郵箱裏，海倫看着這份極為簡單的記錄——只有六條記錄，隨後把記錄歸納了一下，記在自己的本子上。

一、2月7日晚7點02分，4135972005打給快餐店，通話時間1分36秒。

二、2月7日晚7點17分，4135972005接聽快餐店外賣送遞員電話，通話時間35秒。

三、2月8日晚7點05分，4135972005打給薄餅店，通話時間1分21秒。

四、2月8日晚7點21分，4135972005接聽一個推銷電話，通話時間22秒。

五、2月8日晚7點30分，4135972005接聽薄餅店外賣送遞員電話，通話時間36秒。

六、2月10日晚7點07分，4135972005打給漢堡店，通話時間1分31秒。

電話卡在1月21日辦理，月費卡，每月150克朗，辦理時預交了兩個月的電話費，辦理人留下了一個叫「赫爾」的名字和一個假地址，再無其他資訊。

海倫看了兩遍記錄和登記資訊，2月10日的電話記錄就是昨晚被魔怪終止行動前的那個通話，辛克爾到達假地址後，再撥打這個號碼就無人接聽了。第一、二、三、五個通話記錄就是誘騙外賣送遞員的電話，而第四個推銷電話應該是無意中闖進這個案件的。

這時，本傑明和派恩都已經起來了，他倆吃了些早餐，隨後都坐到海倫身邊，本傑明拿着那份記錄看了看。

「這個……」本傑明沒有看出什麼，他把記錄遞給了派恩，「神探看一看，憑着這張紙你就能把魔怪揪出來吧。」

「你也認為我是神探？你對我的態度有了轉變呀。」派恩很是興奮，他看着那張紙，隨後臉色沉了下來，「就憑這張紙……有點難度……不過難不倒我……就是難度很大……」

「你還是直接説沒辦法吧。」本傑明冷冷地説。

「好吧，沒辦法。」派恩聳聳肩。

「辦法都是在實際調查基礎上想出來的。」海倫説着

站了起來，「兩位，吃好了吧？按照博士的思路，下一步我們要實地調查，派恩，看看記錄紙下面列印的地址。」

「斯凱威路775號特里諾公司第17銷售部。」派恩拿着電話記錄看了看，「這是……辦理電話卡的公司地址？」

「對。」海倫說，「目前，唯一可能見過魔怪的就是這個銷售部的員工，唯一在案發時間和魔怪通話的就是那個打推銷電話的人，這兩個人是我們必須見到的人。」

「那個魔怪應該是親自去辦理電話卡的。」本傑明跟上海倫，「根據以往經驗，魔怪作案一般都是單獨完成，很少依靠人類。」

「這個很簡單。」海倫說着笑了笑，「看看銷售部的監控就知道了。」

「啊！」本傑明連忙點點頭，「魔怪在監控設備和照相機中不能成像……」

他們下到一樓，彼得森已經等在酒店大堂了，今天他要全程陪同調查。海倫已經查過了地圖，她們住的酒店距離那家電話卡銷售部不遠，走路就可以去。早上的天空，紅霞已經退去，天空顯得非常藍。他們走上斯凱威路後，發現南邊有一個豎立起來的建築吊塔，在眾多的建築羣中很顯眼。

「那裏……」海倫指了指吊塔，「在施工蓋樓？」

「是的，根據市政規劃，那裏將建成一個新的科技產業大樓。」彼得森解釋道，「將來要有一些科技公司入駐……」

他們邊走邊說，很快就到了特里諾公司在斯凱威大街上的銷售部，特里諾公司是一家挪威的電訊公司，在丹麥也有大量的用戶。

銷售部不大，進去後，他們看到一個女職員在櫃檯後操作電腦，彼得森從口袋裏取出一張紙，走到櫃檯前，那個女職員連忙停下工作，轉過身來。

「你好，我是丹麥魔法師聯合會的彼得森，我們來調查一個電話號碼開戶時的情況。」彼得森做了個自我介紹，「這是警方出具的調查通知……」

「你好，彼得森先生，總店早上已經打過電話了。」那個員工微笑着說，「我叫安娜，你們來的可真早，那麼，有什麼可以幫你們？」

「我們想先看看1月21日那天為號碼4135972005的電話卡開戶時的錄影。」海倫上前一步說，她早就準備好了一張小紙片，上面寫着4135972005這個號碼，海倫把紙片遞給安娜，「就是這個號碼。」

「好的，你們稍等。」安娜接過號碼，看了看，隨後向裏面的房間走去。

過了三、四分鐘，安娜拿着一張光碟走了出來，她把光碟放進電腦光碟機，然後開始在電腦上調取當時的錄影。

「這個號碼開戶時間是1月21日5點55分，我們這裏6點下班。」安娜說，「那天就是我在值班，是我接待的……」

「太好了，我們有些問題想問你呢。」海倫非常高興地說。

「這就是當時的錄影，這是5點52分。」安娜說着把電腦熒幕轉向海倫他們，「櫃枱後的是我，啊，他就要進來了……嗯？怎麼沒看到？我倒是站起來了，還對着門口說話？」

電腦熒幕上，安娜一邊說話一邊點頭，不過她面前彷彿只有空氣，沒有一個人影。

「啊……」安娜說着捂上了嘴，她驚呆了。

「安娜小姐，你不要驚慌。」彼得森明白了，這個電話號碼就是魔怪親自來開辦的，錄影中不會有它的影像，「我們正在處理一個案子，這個開戶的人大概用了某種措

施,令攝錄機拍不到他的影像,不要緊張,我們會處理好這個案子。」

彼得森怕驚嚇到安娜,沒有説出她面對的是一個魔怪。

安娜顯然受到了意料之外的驚嚇,她坐在那裏,有些手足無措,海倫勸了幾句,但是效果不是很大。

「我們都是魔法師,會處理好這個案子,也會保護你。」本傑明説着一把抱起保羅,把他放到櫃枱上,「保羅,和這位小姐説幾句,看起來她不了解我們有多強大。」

「嗨,安娜小姐。」保羅打了個招呼,隨即閉起了眼睛,「嗯,早餐就喝咖啡,營養不夠呀,我建議你早餐喝牛奶⋯⋯」

「哇,小狗會説話。」安娜又被嚇了一跳,「你怎麼知道我早餐喝了咖啡?」

「你的早餐是咖啡和三明治,大概是半小時前吃的。」保羅得意地搖了搖尾巴,「空氣中還有殘存的味道。」

「看到了嗎?」本傑明指着保羅,「這就是我們的厲害,如果願意,我們還能讓你的滑鼠説話。」

「噢，真是太棒了。」安娜被刺激了一下，剛才那種恐懼感消失了很多，「我該怎麼辦？我該怎麼幫你們？」

「繼續你的職業生涯。」保羅晃着腦袋說，「我們想知道那天開戶的這個傢伙的相貌。」

「他……」安娜想了想，「是個男人，戴了帽子和墨鏡，樣子看不出來。」

「戴着帽子和墨鏡嗎？」海倫拿出本子，認真地記起來。

「是的，我也覺得有些奇怪，不過沒有多想，我們這裏又不是銀行或珠寶店，沒什麼好擔心的。」

「那麼他的口音呢？」海倫繼續問。

「本地口音。」安娜說，「好像沒什麼特別的。」

「樣子看不見，身高呢？」

「1米80左右吧。」

「他進來後是怎樣辦理電話卡的？你能詳細描述一下嗎？」海倫又問。

「那天他進來後就說要辦理一張不需登記身分的電話卡，我們這裏有不同的套餐，從每月150克朗到500克朗不等，他說就辦一張150克朗的。」安娜想了想，「噢，他還沒有手機，在我這裏挑了一部最便宜的手機，我按照他

45

的要求，給他辦好了這些，他說聲謝謝就走了。」

「整個辦理期間，你覺得他有什麼異樣嗎？」

「異樣？」安娜眨眨眼睛，「從說話聲音判斷他大概三、四十歲，但是走路很是不穩，有點像行動不便的老人那樣，我想可能是身體不舒服吧，這算不算異樣？」

「行動不便嗎？」海倫對這點似乎很感興趣，她大聲地問。

「算是吧。」安娜說着指指大門，「我這裏能看到門外的，他出門後似乎走路就好了很多，你不知道，我當時多擔心他在這裏摔倒呢。」

「很好，安娜小姐。」海倫認真地記錄着，「你說的都很重要，噢，他穿什麼衣服？」

「夾克吧，褲子穿什麼我忘記了。」安娜說，「黑色的夾克，夾克的領子也豎起來了。」

「噢，你覺得他是怕冷嗎？」海倫說。

「外面確實有點冷，但是室內有暖氣，就是現在這個溫度，你們能感覺到，一點都不冷。」安娜指指室內說。

「很好。」海倫點點頭，她又低頭想了一會，隨後看看安娜，「謝謝你，如果你還想起什麼，請給我們打電話……」

第五章　電話推銷公司

出了電話卡銷售部，他們又上了彼得森的車，下一站他們要去的是一家電話推銷公司，這家公司可不在案發區域，而是在哥本哈根市的北部，開車要半個多小時。

「一個怕冷的魔怪，身體好像還不好。」派恩上了車就說，「這樣的身體還能連續襲擊兩人，不過也難怪，它怎樣也是個魔怪。」

「你這樣認為？」本傑明聳了聳肩。

「看它這些表現。」派恩比劃着，「走路都顫顫微微的……」

「那也許是表象。」本傑明打斷了派恩，「表象背後一定有玄機。」

「噢，好深奧。」派恩笑了，「那麼你覺得……」

「海倫，你發現沒有？魔怪都知道自己的影像不會被攝錄機或照相機拍下來的，但是它還是戴上了帽子和墨鏡。」本傑明問。

「也許是怕營業員看到自己的面貌。」派恩插話說。

「魔怪能輕易變化，用得着戴墨鏡嗎？」本傑明有些不耐煩地説。

「這個……」派恩沒話説了。

「這裏有疑點，應該是很關鍵的疑點。」海倫説道，「我也在想這個問題，回去後我要查查資料。」

「找不到就問……」保羅大聲説，不過他想到了什麼，「噢，我知道，不要打擾博士……」

「我們一定要盡量自己解決。」海倫説完看了看駕車的彼得森，「快到了嗎？」

「馬上到。」彼得森點點頭。

兩分鐘後，他們下了車，跟着彼得森進了一座商業大廈，彼得森也是第一次來這裏。按照地址，他們來到三樓的一家公司，和前台人員説明了來意，那人把他們帶進公司，安排他們進到一個房間。

房間外，是一個連着一個的座位，座位之間有隔板，二十幾個人坐在座位上，頭戴耳機，不停地撥號、通話。這是一家電話推銷公司，魔怪在第二個案件中接到了一個由這家公司打去的電話。

本傑明正向外看着時，門被推開了，一個四十多歲的男子走了進來，看到彼得森他們，似乎很不滿意。

「噢，我已經和警察説過了，我就是幹這個工作的，我可沒有騷擾用戶，晚上8點後就不打了，我們可是嚴格按要求工作的……」

「噢，你好，你是漢斯先生？」彼得森連忙走過去，「我們……」

「我知道，我知道，你們是來投訴的。」男子揮着手臂説，「對，我就是漢斯。我們打電話也是工作，白天打電話你們説影響你們工作，晚上打電話説影響你們休息，我們怎麼辦？第25小時打電話？」

「噢，漢斯先生，我們不是來投訴的，我們有些事想了解一下。」彼得森連忙擺擺手，「2月8日晚快七點半的時候，你給4135972005這個號碼打過一個電話吧？這個號碼和一個案件有關，我們是來了解通話情況的。」

「這事我也和警察説過了，我每天都打很多電話，我向那人推銷保險，他説不需要，就這麼簡單！」

「首先，我們是要了解你和4135972005這個號碼的通話情況。」海倫立即説，「你要確定，因為你每天都打很多電話。」

「當然確定，接這個電話的人開口就罵人，一般人接到推銷電話會説不需要，我要是繼續介紹他們就掛電

50

話……」

「接電話的人罵你了？」

「我剛説希望他考慮一項保險計劃，他張口就説我是混蛋，接着又説了幾句髒話。」漢斯氣憤地説，「直接掛上電話我也接受，我們這樣的來電，有時候確實有些……打擾別人……」

「我理解。」海倫看到漢斯還是站着，連忙示意他坐下，「你回罵了嗎？還是……」

「我們都是極富修養的人。」漢斯雙手一攤，「我就説你這隻蠢豬，為什麼要罵人……」

「噢，很有理性的回答。」本傑明在一旁翻翻眼睛。

「根據記錄，你們通話時間有22秒，這段時間你們都在對罵？」海倫問。

「沒有，你知道我們是很有涵養的，最後幾秒鐘我只是説會去殺了他。」

「那麼是誰掛斷電話的？」

「是他，我們這麼有修養的人怎麼會輕易掛斷人家電話？」

「你沒有再打過去繼續罵吧？」

「沒有，我還要去罵下一個人……啊，是向下一個客

戶推銷產品。」

「那麼你為什麼會給他打電話？你們以前認識？還是他曾經在你們這裏購買過保險？」

「噢，首先我要説，我們這裏不是保險公司，我們是電話推銷公司。」漢斯揚了揚眉毛，「上個月我們推銷的是跑步機……我們是根據客戶要求去推銷產品的。這個罵人的瘋子我根本不認識，我們是按照號碼排序打過去的。」

「明白了。」海倫點點頭，「那麼從電話裏你能聽出他的身體狀況嗎？他的身體是否虛弱？」

「他的身體虛弱？」漢斯一愣，隨即蔑視地笑起來，「吼聲如雷，強壯得很呢，給他根木棍，他就能和熊搏鬥。」

「他的年齡聽上去有多大？」

「三、四十歲？四、五十歲？這個分辨不出來。」

「好。那麼通話時你聽到什麼背景聲了嗎？比如播放音樂，或是有河岸的汽笛聲……」

「好像……」漢斯遲疑了一下，兩眼突然一亮，「噢，有的，博特卡車發動了，我聽到了，聲音巨大。」

「博特卡車？」海倫一愣。

「美國產的重型載重卡車，柴油車，發動時會『轟』的一聲，有點像炸彈爆炸。這車開起來的聲音和坦克聲音差不多。」

「你怎麼知道是這種卡車的發動聲？」

「再熟悉不過了，我開了五年這種卡車。」漢斯搖晃着腦袋，「現在我年紀大了，想找一份辦公室的工作，就來這裏打電話了。」

「你確定嗎？」

「當然確定，有那麼幾秒鐘，我連他罵什麼都聽不見了，當然，他也聽不見我罵什麼了。」

「好的。」海倫一字一句地記到本子上，她看了看漢斯，「你還能想起來什麼？請再想一想。」

「拜託，一共就那麼短的時間，就這些了。」漢斯說着站了起來，「我可以走了吧？我還要去打電話呢，我們是按照每天打電話多少算錢的……」

「好的，謝謝你。」海倫站了起來，看看大家，「我們也走吧。」

他們一起走出房間，漢斯向自己的工作台走去，海倫他們向門口走去，這時，一個激動的聲音叫了起來。

「……你這頭笨豬！」一個女員工激動地揮舞着拳頭，她頭戴的耳機跟着腦袋一起晃動着，「我打電話給你是在幫助你，不是騷擾你，你給我去死——」

漢斯連忙站到那個女員工的工作台前，揮着手臂，做着加油的動作，受到漢斯的鼓舞，那個女員工罵得更激烈了。

海倫他們都吃驚地瞪着眼睛，隨後快步走出了這間公司。

「魔怪接了漢斯的電話，是誤接。」海倫邊下樓邊小聲地說。

「對，當時魔怪正等着外賣送遞員的電話，因為送遞員到了假地址後發現無人，一定會給魔怪打電話，不過魔怪可不知道送遞員的號碼，就接了漢斯的電話。」本傑明分析道。

「很好，完全正確。」海倫連連點頭。

「不用你誇獎，稍微想一下就能想到。」本傑明毫無表情地說。

「通話時間連半分鐘都沒有。」彼得森有些遺憾地說，「好像也沒什麼很有價值的資訊。」

這時已經是中午了，海倫對彼得森說，她要回酒店整理一下思路，要見的兩個重要相關人士都見到了，她要努力地從中找出線索來。

彼得森把他們送回酒店，讓他們有事馬上吩咐，隨後便駕車走了，目前警方和魔法師們還都在這一區域集結，因為那個魔怪有可能再次打「訂餐」電話來。

海倫一回到酒店，就把小本子拿出來，一頁一頁地翻看記錄，本傑明也坐在沙發上看案發區域的地圖，派恩和保羅則顯得有些無所事事。

「嗨，保羅，你說那個魔怪會不會再次打電話？」派恩小聲地問保羅。

「我怎麼知道？」保羅趴在地上，有些無精打采的。

「我覺得他還會打來的……」

「鈴──」桌子上的電話響了，派恩嚇了一跳，這當然不會是魔怪打來的。派恩立即跑過去，拿起了電話。

第六章　一輛大型載重卡車

「⋯⋯啊，是博士嗎？」派恩一副眉飛色舞的樣子，「對，對，偵查工作正在進行，上午我帶着海倫他們去見了兩名相關人士，我把重點都記在小本子上⋯⋯放心，有我天下第一超級⋯⋯啊？你要找海倫，噢⋯⋯」

派恩把電話遞給了海倫，海倫拿起電話，表情很是嚴肅。

「博士，按時吃藥了嗎？」

「是的，按時吃藥按時理療，你們剛走，聯合會就派了兩個魔法師來照顧我。」南森的聲音從電話裏傳來，「現在案件進展怎麼樣呀⋯⋯」

「博士，這個案件就由我們來辦理，你好好休息，不要問這個案件了，過度用腦會影響到你的康復。」海倫一本正經地説，「這是醫生説的，當時你也在場⋯⋯」

「好吧，事實上我也要休息了，噢，他們在催了⋯⋯」南森説，「記住，無論什麼時候都要沉着，廣泛收集線索，答案就在裏面⋯⋯」

海倫連忙叫南森注意休息，隨後掛了電話。海倫知道，身在倫敦的南森一定會時刻牽掛這邊的情況，但是不能讓他受累，儘管她有種毫無頭緒的感覺，不過跟隨博士多年，她已經學會了如何一步步地推進偵破案件的要領，她有信心帶着本傑明和派恩獨立完成這次任務。

放下電話，海倫開始查閱資料，她讓保羅列印出有關「人身併入術」的資料，從資料上看，這類魔怪案件近年來的確極少發生，海倫仔細地翻看着資料，那個樣子，和南森很像。

「根據我上學時學習的有關『人身併入術』課程，加上這些年來的案例，」海倫說着把大家召集起來，她要進行案件討論了，「使用這種魔法害人的魔怪基本上可以分成兩類……」

本傑明和派恩連忙坐到海倫身邊，保羅也走過去，看着海倫。

「……一種是正在被魔法師追捕的魔怪，情急之下使用這種招數，試圖躲過追捕。」海倫繼

續説，「另外一種，就是魔法很弱的魔怪，這種魔怪大多剛剛成形，魔法不高，強烈畏光，沒有合適的藏身之處，想長距離行動都不行，這時如果躲進一個人類的身體，那麼上述問題都解決了，不再畏光，無人察覺它是魔怪，人身對它來説是最好的藏身之處。」

「魔法不高怎麼還會使用『人身併入術』？」派恩問。

「使用這種魔法不用特別高的法術，只是成功率不高，所以很多魔怪不願使用這種魔法。」海倫解釋道，「另外就是實施失敗對魔怪，特別是法術高超的魔怪的法力損傷非常大，我看到一個案例，威爾士有個魔怪，使用這種魔法失敗後，攻擊力消減了70%以上。」

「我們遇到的這個魔怪應該是第二種情況吧？這傢伙並沒有被追捕。」本傑明説。

「是的。」海倫點點頭，「從兩個案件的節奏看，它急於躲進人類的身體隱藏，而且兩次都失敗後還打了第三

個電話，似乎根本不在乎失敗對自身法術的損害，這點恰恰反證出關鍵一點，那就是這個傢伙就是一個剛剛成形不久法術不高的魔怪……」

「我知道了！」本傑明連忙搶過話說，「本身法術就不高，魔法實施失敗對自身影響不會太大，就像是……一個富翁有一百萬鎊，損失七十萬就是重大損失，甚至導致破產；我只有十鎊，損失七鎊後，和損失前一樣，都是一個窮人。」

「哈哈哈……」海倫拍着手，「本傑明，你這個比喻太恰當了！」

「我、我其實也想這麼說的。」派恩連忙說。

「很好。」海倫看看派恩，「我們能確定這是一個剛成形不久的魔怪，而且它急着躲進人類的身體裏。我們有了一個比較模糊的目標。」

「是夠模糊的。」保羅晃了晃腦袋，「我的追妖導彈都不知道該往哪裏瞄。」

「別着急，保羅。」海倫拍拍保羅的腦袋，「一個個地解決問題，其實今天調查時的一個問題也已經解決了。」

「什麼問題？」保羅立即問。

「電話卡銷售部的安娜説，魔怪辦理電話時戴着墨鏡和帽子。」海倫指了指自己的臉，「不是因為它怕冷，魔怪本身就不怕冷，也不是要掩蓋相貌，它的面貌可以變化。之所以這樣，就是因為它是一個剛成形不久的魔怪，非常畏光，太陽光能直接殺死它，房間內的燈光也會妨礙它的行動……」

「啊，我明白了。」本傑明恍然大悟，「它在房間裏步履蹣跚是因為燈光照射的原因，而走到外面後能正常走路，是因為路燈的光弱很多。」

「沒錯，就是這個道理。」海倫讚許地點着頭，「找到這個原因，我們可以得出兩點推斷，一是這個魔怪剛成形不久，畏光，躲進人類的身體對它來説是個很好的『歸宿』；第二，這個魔怪移動能力較差，剛成形的魔怪都這樣，所以它還在我們這個區域裏，它藏身的地方，一定是個極為陰暗之處。」

「我、我也這樣想。」派恩點着頭説，「那麼……還有嗎？」

「沒有了。」海倫搖搖頭。

「沒有了？」派恩把手一攤，「這好像也沒説什麼，這裏這麼大，到哪裏去找一個躲在陰暗之處的剛成形的魔

怪呀？」

「是呀。」海倫有些無奈地説，「不過博士跟我説過，我們和真相的距離，總是一開始遠，後來越來越近……」

「博士？」派恩眨眨眼，「還不如剛才請教他……」

「派恩，都説了要讓博士好好休息！」本傑明大聲喊道。

「我知道！」派恩對本傑明吐吐舌頭，「我就是説説，我着急呀……」

「本傑明，派恩，過一會我們去案發區域走一走。」海倫突然説。

「你知道魔怪藏身的地方了？」派恩立即興奮起來。

「不知道，但是它就在這個區域，我們的實地調查，一定會有收穫。」海倫的語氣非常堅決。

「好，我和你去。」本傑明立即説。

「噢，好難得呀。」保羅在一邊晃着腦袋，「本傑明，自從派恩來了，你就和海倫的想法高度一致呀，真不容易！」

「有嗎？」本傑明笑了笑，「我怎麼沒感到？」

「因為你是當事人。」保羅也笑了，「很好，要

是⋯⋯」

「什麼？」看到保羅有些語頓，本傑明連忙問。

「要是你們三個吵作一團，那可真有看的了。」保羅繼續晃着腦袋，「那樣我會瘋掉的。」

下午五點多，海倫他們出了酒店，很快就來到斯凱威大街上，這條路他們去電話卡銷售部的時候已經走過。海倫看着四周的建築，又看看地圖，她決定先去最近的雷格路上的薄餅店那邊看一看。

他們向前走了不到一百米，就看到了雷格路的路牌，這條路和斯凱威路呈現出十字交叉形態，他們右轉進雷格路，走了五分鐘，就看到了那家薄餅店。

薄餅店裏的顧客不算太多，由於是冬天，天已經暗了下來，這時，一個外賣送遞員提着一個裝薄餅的提袋出了店門，海倫連忙迎了上去。

「請問，你們的外送距離是多少？」海倫問。

「周圍兩公里範圍內都送。」送遞員說着把提袋放到門口停着的一輛單車的後架上。

「這算是行規吧？」海倫笑了笑。

「對，大概如此，反正太遠距離我們都不送，也不會有人在距離遠的店下單。」

「這倒是。」海倫説，「謝謝。」

送遞員騎上單車去送外賣了。海倫他們的目光一直送那個送遞員轉彎，儘管警方和魔法師暗中控制了這片區域，但是他們還是有些擔心。

「就在這片區域裏呀。」海倫説着拿出手機，調出地圖，上面標示了三家被魔怪打過電話的店、魔怪辦理電話卡的地方，以及那個假地址，全都相距得很近，海倫抬頭

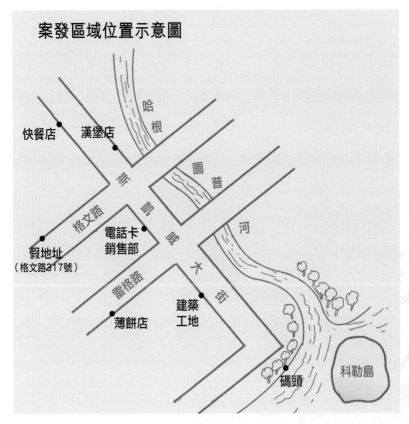

案發區域位置示意圖

快餐店

漢堡店

哈根

圖

普

河

哥凱

格文路

電話卡
銷售部

大

假地址
（格文路317號）

雷格路

街

薄餅店

建築
工地

碼頭

科勒島

看着身邊那些比較緊密的建築物，「房子太多了，是哪一家呢？」

「魔法師們搜索過兩次呢。」派恩說。

「如果那個魔怪剛剛成形，魔怪反應會極弱，沒有明確目標地搜索，效果不會好。」海倫說着收起手機，「我們去那個假地址看看，離這裏也不遠。」

魔怪留的訂餐地址在格文路上，距離雷格路很近，但是沒有道路相通，他們要重新走到斯凱威大街上，再去格文路。

他們再次來到斯凱威大街上，向北面的格文路走去。天已經完全黑了下來，一輪彎月高掛天空。

「就這麼走來走去，能找到線索嗎？」派恩跟在海倫身後，小心翼翼地問。

「那你想怎麼辦？躺在家裏線索就掉下來了？」本傑明沒好氣地說。

「喂，你怎麼老是針對我？」派恩一臉的不高興。

「因為你很煩……」本傑明毫不客氣地說，「因為……」

這時，一輛發出隆隆噪音的汽車從他們身邊駛過，那巨大的聲響壓過了本傑明的聲音，誰也沒聽清本傑明在說

什麼。

「真吵!」保羅皺着眉,捂上耳朵。

海倫只看到保羅張着嘴,聽不清他說什麼。海倫突然想起,當魔怪打第三個「訂餐」電話,他們坐彼得森開的車趕往臨時指揮中心時,他們的身邊也有一輛這樣的汽車經過,當時吵得海倫和彼得森互相說話都聽不清了。

忽然,一個念頭在海倫腦子裏極快地閃過,她看了看那輛剛剛駛過的汽車,那是一輛大型載重卡車,外形和那天吵到自己和彼得森的一模一樣。

第七章　目標初現

「我要到那輛車上去，跟我來——」海倫對着本傑明和派恩大喊一聲，説着就向那輛卡車跑去。

本傑明和派恩相互看了一下，都愣住了，這時海倫已經跑了過去。

「看看你們，都是你們，海倫都被氣跑了——」保羅很是激動地比劃着，對本傑明和派恩吼道。

　　本傑明和派恩意識到發生了什麼，跟着海倫衝了過去，那輛卡車轟鳴着開得很快，海倫奮力追趕，眼看距離越來越大。

　　「追風腿！」海倫唸了一句魔法口訣。

　　「嗖──嗖──嗖──」海倫的雙腿頓時加速，那擺動的速率使得海倫的雙腿像是電影電視裏的快進鏡頭一樣。

　　十幾秒後，海倫就追到卡車後面，她縱身一躍，爬上了卡車的後車廂，車廂裏裝滿了建築雜物，海倫踩着那些雜物，幾步就來到駕駛室，通過後窗，她隱約看到駕駛室裏的司機在搖頭晃腦地開車。

「擋不住我的心也擋不住我的形！」海倫又唸了句口訣，「唰」的一下，她利用穿牆術鑽到了駕駛室。

「……啦啦啦啦……」司機大聲地跟着駕駛室裏的音樂聲唱着，駕駛室外的噪音很大，裏面的音樂聲更大，「……啦啦啦啦……」

「嗨，先生，能停車嗎……」海倫大聲地對司機喊道。

「啦啦啦……」司機根本沒想到身邊鑽進一個人，加上音樂聲很大，他繼續放聲高歌。

「喂，先生。」海倫只能碰了碰那個司機，「能不能把車停下——」

「哇——」司機這才看到身邊坐着一個小女孩，他嚇了一大跳，急忙把車往路邊靠，聽到海倫說英語，他也說英語，「喂，英國人，你是怎麼進來的？」

「我是魔法師！」海倫大聲叫着，隨手把音樂聲調小，「倫敦來的魔法師海倫！」

汽車緊急停在了路邊，發動機的聲音頓時小了下來，駕駛室的音樂聲也小了，正常說話聲都能聽到了。

「嗨，這到底是怎麼回事？」司機只有二十多歲，他一臉的驚異，「你怎麼會在我的車上。」

「我説了，我是魔法師！」海倫看解釋沒什麼用，她看看車門，「擋不住我的心也擋不住我的形。」

「唰」的一聲，海倫穿過駕駛室，來到外面，她剛站好，又唸了一句穿牆術口訣，再次回到了駕駛室。

「明白了吧？」海倫看着那個張大了嘴巴的司機，「魔法師！」

「你是怎麼做到的？」司機一臉的興奮，「我小時候就想當一個魔法師，飛來飛去……」

正説着，本傑明和派恩跑到了駕駛室旁，司機看見了他倆，一臉疑惑。

「嗨，你們是一起的？他們也是魔法師？英國來的？」司機指着外面的本傑明和派恩問。

「是的，我們都是魔法師。」海倫連忙説，「先生，我有一些事想要請教，你的車是運送建築垃圾的嗎？」

「是呀。」

「運行路線呢？」海倫急着問。

「就在斯凱威大街上開呀，一直往北開，那邊有個垃圾處理廠……斯凱威大街很長。」

「這附近沒有別的建築工地了吧？」海倫指着南邊問，「你運送的是那個科技產業大樓的垃圾？」

「噢，你都知道。」司機點點頭，「這邊只有那裏在蓋樓。」

「這輛卡車……」海倫看到了方向盤中心的標誌，「是博特牌的？」

「對。」

「據我所知，我們倫敦的這種垃圾運送車都是晚上運行的，哥本哈根也是吧？」

「對，這邊5點下班，我們6點才開始工作。」

「最後一個問題，你們這種卡車在運行途中什麼情況下會先熄火後啟動？」

「這個……」司機很是費解地看着海倫，「遇到等候時間長的紅綠燈的時候。環保局規定，我們這種高排量卡車等長紅綠燈時必須熄火等候，否則尾氣排放對空氣有污染……」

「很好，非常感謝！」海倫説着推開車門跳了下去。

「嗨，怎麼走了——你不是不用開車門也能出去嗎——」司機激動地喊起來。

「再見——非常感謝——」海倫站在車下，對着司機招招手。

「轟——」的一聲，司機發動卡車，開走了。

「聽到這聲音了嗎？」海倫走到本傑明和派恩身邊，「像是爆炸一樣。」

「聽到了。」派恩點點頭，「海倫，你到人家車裏幹什麼？我們還以為有什麼事情呢？」

「我想……」海倫回頭看了看斯凱威大街，「我大概能找到魔怪藏身的地方了。」

本傑明和派恩突然一愣，站在海倫腳邊的保羅也瞪大了眼睛，事情來得太突然，他們都用一種急切求問的眼光望着海倫。

「我剛才問過了，這輛車是從那邊的建築工地開來的。」海倫指着南邊說，「那個有吊塔的建築工地，大概在案發區域邊緣，司機說他會開着車一直在斯凱威大街上走，這是一條長馬路。」

「那又怎樣？」本傑明問。

「你們還記得嗎？電話推銷員漢斯曾經給魔怪打過一個推銷電話，他說聽到了博特載重卡車的發動聲。」海倫說，「剛才那輛卡車就是博特牌的，這種垃圾運輸車只能在晚上6點以後工作。」

「等等，我明白了。」本傑明想了想，「就是說那天漢斯打電話的時候，他聽到了博特卡車發動聲，這就證

明⋯⋯魔怪當時一定在藏身的地方打電話,而這個地方就在斯凱威大街上!」

「還能更加具體!」海倫掩飾不住激動,「魔怪藏身的地方一定臨近紅綠燈!因為漢斯聽到的是博特卡車發動的聲音,這種卡車只有在等待長紅綠燈的時候才會熄火,再次發動後就是剛才我們聽到的那種像爆炸一樣的聲音!」

「那我們就去找呀!」派恩頓時激動起來,「案發區域的斯凱威大街紅綠燈也不算多。」

「長紅綠燈一定是大的十字路口。」海倫翻找着手機上的地圖,「哇,假地址在格文路上,而格文路和斯凱威大街的交叉口是這片區域最大的路口!」

「我看看⋯⋯」本傑明看着海倫的手機,「啊呀,這很合理呀,假地址和十字路口相距也就三百米,魔怪讓送遞員送到這麼近的距離,送遞員沒理由拒絕。」

「我們去看看。」海倫揮揮手,「就在前面,應該就是那個紅綠燈,那附近應該有魔怪真正藏身的房子。雖然它成形不久,但偷溜進空房子藏起來的能力還是有的。要是那裏沒有符合它藏身的房子,我們再去找另外兩個路口。」

　　他們急匆匆地向前走去，本傑明發現自己的呼吸都有些急促了，保羅已經開啟了魔怪預警系統，同時，他校驗了追妖導彈發射系統。

　　海倫拿出了幽靈雷達，因為剛才只是說在案發區域實地走一走，本傑明和派恩沒有帶幽靈雷達，有保羅的預警系統和這台雷達，也夠用了。

　　向前走了幾百米，格文路和斯凱威大街的十字路口到了，借着路燈，他們迅速開始尋找魔怪可能藏身的地方。前方的十字路口，北邊街道兩邊分別是一幢辦公樓，南邊街道左邊是一座街心公園，右邊第一幢，緊鄰紅綠燈，是一座獨立的小房子，小房子旁邊，是一戶接一戶的人家，不過每家相距比較遠。

　　辦公樓不會住人，魔怪應該不在裏面，公園更不會住人，因此嫌疑最大的就是那座緊鄰紅綠燈的獨立房子。

　　海倫他們越過馬路，快速接近那所房子，他們不敢靠得太近，在房子旁一百多米的一戶人家旁觀察着，這戶人家的房子和目標房屋差不多，但是目標房屋極為安靜，黑着燈，而這家的所有窗戶都亮着燈光，有人在窗前走動，房間裏還有音樂聲傳出，不可能有魔怪隱身，相比之下，目標房屋嫌疑更大了。

　　此時的街道兩邊，行人稀少，只有一些車輛在路上行駛。

　　「就是那所房子，裏面一定有魔怪。」本傑明很肯定地說，「地圖顯示，這所房子後二十多米處就是哈根圖普河，魔怪害人後拋屍，很方便。」

　　前面的目標房屋一共有兩層，保羅對着房子連續發射了兩道搜索信號，但是沒有發現魔怪反應。

第八章　微弱的魔怪反應

「……彼得森先生……」海倫撥通了電話，「我們在格文路和斯凱威大街的路口，那裏有一幢獨立的兩層房子，是一戶民居，請你馬上聯繫警方，查一下房子的情況，我們懷疑魔怪就在裏面。另外，請你們馬上找魔法師前來增援，我們現在掌握了重大的線索……」

海倫放下電話，靜靜地觀察着不遠處的那所房子。房子矗立在那裏，感覺非常孤獨，從外表看上去，這所房子並沒有什麼奇特之處，只不過比較老舊，房子周邊的牆壁縫隙，有一些植物長了出來。

「我們穿牆進去看看！」派恩有些等不及了，「有我在呢，我一個人就能對付那個魔怪。」

「你好厲害！」本傑明瞪了派恩一眼。

「不是説它剛成形不久嗎？這樣的魔怪沒什麼法力的，對付沒防備的人類還可以……」派恩解釋起來。

「先等彼得森把情況查清楚。」海倫冷靜地説，「增援也沒有趕到，不能輕舉妄動。」

「這個彼得森，怎麼還沒查到！」派恩説着拿過海倫的幽靈雷達，對着房子探測了一下，「哎呀，沒有一點反應，不知道魔怪在不在？」

「別急，現在一定要冷靜。」海倫説，這話也是説給她自己聽的。

「真想給博士打個電話！」本傑明摩拳擦掌的，「告訴他我們找到魔怪的真正藏身地了！」

「別激動，別激動。」海倫連忙擺着手説。

手機鈴聲突然響起，海倫連忙接通電話，電話裏傳來了彼得森的聲音，警方查到了那所房子的資訊，那所房子十幾年前連續發生過兩宗自殺事件，被認為是凶宅，房主搬走了，出售了三年，因為名聲不好，價格極低也無人接手。另外，彼得森正在召集魔法師，他們將儘快趕到。

海倫把房子的情況告訴給大家，本傑明和派恩頓時躍躍欲試，這種常年的空房子確實容易有魔怪潛入並居住，保羅覺得魔怪就隱藏在裏面。海倫決定，先靠近並包圍那所房子。

他們假裝路人，慢慢地向那所房子靠近，房子的前面是一個小院子，有高大的圍欄，圍欄上爬滿植物，他們走到圍欄那裏停下，假裝説着話。海倫看到圍欄中間的小門

沒有鎖上，一推就開，如果外賣送遞員送外賣，不用有人出來給他開門。

　　從圍欄的植物縫隙看過去，這所房子所有的窗戶都緊閉着，並拉上窗簾。

　　「透視眼。」海倫默唸一句口訣，向房間裏看去，第一層房間，傢具擺放整齊，沙發上還蒙着布，第二層房間也是一樣。

　　「還有個地下室呢。」本傑明也開啟了透視眼，他發現這幢房子有一個很大的地下室。

　　突然，地下室裏似乎有個什麼東西移動了一下，本傑明心裏一驚，地下室完全是黑暗的，房間也是，透視眼的功能類似於夜視儀，能讓他們分清黑暗房間中物體的輪廓，但是解析度不是很高。

　　「海倫，有個東西在動，你看到了嗎？」本傑明小聲說，他的聲音都有些顫抖了。

　　「沒有呀，我剛才在看二樓。」海倫説着向地下室看去。

　　「我也沒看見。」派恩説道，「你看花眼了吧？」

　　「我真的看見了！」本傑明着急起來，「不行，我要進去，一定是魔怪！」

說着，本傑明就向前一步，看樣子是準備唸穿牆術口訣進去，海倫一把拉住了他。

「不要衝動呀！」

「再不行動，魔怪跑了怎麼辦？」本傑明說，「也許它發現了我們呢！」

「這……」海倫也着急了，「增援怎麼還不來？」

「就不要等增援了，我們四個就行！」本傑明臉都紅了，「不能再猶豫了！」

「保羅，裏面有魔怪反應嗎？」海倫的語速飛快，在本傑明的催促下，她有些慌亂了。

「沒有，我發射了三個探測信號，一點反應都沒有。」

「快點呀，你不進去我去了……」本傑明說着又要闖進去。

「等等。」海倫咬了咬嘴唇，「保羅，你守在前門，要是有魔怪出來，立即用導彈攻擊！派恩，你去後門，有魔怪出來你就正面攔截。本傑明，我和你進去看看。」

「早該這樣。」本傑明用力點點頭。

保羅留在了院子外，派恩繞過院子，去了房子的後門。海倫和本傑明互相看了看，然後開始唸魔法口訣，他

們怕引起裏面可能存在的魔怪注意，沒打算推開院門進去。

「擋不住我的心也擋不住我的形。」

「唰」的一下，海倫和本傑明雙雙進入到院子中，院子裏有一條磚路通向房屋正門，磚路兩邊的草長得很高。他倆蹲在草叢中，利用草叢掩護，又向房間裏用透視眼看了看，房間裏毫無動靜。

海倫用幽靈雷達對着房間，把搜索功率調整到最高級別，但是幽靈雷達的指標毫無反應。海倫指了指正前方，做了一個進入的動作。

兩人再次唸出穿牆術口訣，轉瞬間，他們就進到了房子的第一層。他們進入的房間漆黑一片，窗戶拉着厚厚的窗簾，為了不驚動可能存在的魔怪，海倫和本傑明都沒有使用亮光球照明，他倆默唸夜視眼口訣，基本能看清房間裏的情況。

「我們上去還是下去？」本傑明走近海倫，小聲地問。

「噹——」的一聲，本傑明不小心碰到了一張椅子，椅子滑動，和地面摩擦發出聲響，在這寂靜的房間裏，顯得非常清晰。

「小心點。」海倫連忙說，忽然，海倫看着手中的幽靈雷達，愣了一下。幽靈雷達的指針極微弱地跳了一跳，隨即恢復到原位，魔怪反應的警報紅燈則同時極弱地閃了一下，這是有魔怪反應的信號，儘管很微弱，「有一點點魔怪反應。」

本傑明聽到這句話，渾身一震，海倫指了指地下室，幽靈雷達指示，魔怪反應是從地下室發出的。

兩人向四周看了看，在大門和前廳的一側，他們發現了一個一米高的護欄，護欄半圍着一個平面出口，他倆快步走過去，發現那個平面出口有樓梯通往地下，這無疑是地下室的出入口。

海倫指了指自己，然後指指那個出入口，意思是她先下去，本傑明點點頭。海倫手持幽靈雷達，小心地邁步向下走去，本傑明緊緊地跟在她身後，同時做出了攻擊準備。

海倫向下走了幾米，快到地下室的時候，手中的雷達指針又跳了一下，紅燈微微一閃，隨後雷達恢復了常態。海倫一腳踏進了地下室，這個地下室很大，被分割成了兩個房間，海倫一下去就用雷達四處探測，但是雷達再無反應。

本傑明跟着下來，他的左面有一個房間，房間的門半開着，本傑明讓海倫站到門的旁邊，自己一推門，隨後衝進了房間，海倫緊跟着衝進去。只見這個房間非常大，房間的正中央是一張桌球枱，角落裏有幾張椅子，房間裏極為陰冷，比一樓更加冷。

海倫用幽靈雷達對着房間探測了一下，沒有任何魔怪反應，他倆出了左側房間，向右側房間走去。這個房間的門緊閉着，海倫走過去站在門邊，本傑明猛地一推門，衝了進去，海倫緊跟着進去。這個房間比剛才那個小，裏面擺着一張枱和幾張椅子，海倫用幽靈雷達探測了幾下，還是沒有任何魔怪反應。

海倫着急起來，明明剛才幽靈雷達有了反應，但是兩個房間都沒有發現任何異常，她走出右側的房間，兩個房間中間，有一條小小的走廊，走廊的末端，有些許非常弱的光呈現出來，海倫拿着幽靈雷達向走廊末端走去。

沒走幾步，海倫就來到了走廊盡頭，走廊在那裏轉了一個九十度的彎，海倫忽然發現，轉彎後的走廊直通一個台階通道，那個通道向上延伸出去。

「走——」海倫意識到了什麼，她對本傑明揮揮手說道。

　　本傑明連忙跟上，他們來到台階通道前，只見通道一直向上，最上面是一道門，那道門虛掩着，有一道兩、三厘米的縫隙，微弱的光從那道縫隙中照射進來。

　　海倫連忙向上跑去，她猛地拉開了門，門外，是一個空地，那裏是這所房子的後院。

第九章　魔怪跑了

派恩被海倫分派去房子的後面把守，他從房前的院子繞到了後面，發現這邊所有的房子都沒有院牆和圍欄，只種着一排高大的灌木，灌木前是一條一直延伸向遠方的石子路，和石子路並行的，是一條河，房子和河之間，大概有十多米的距離。

派恩看了看那所房子，他覺得海倫和本傑明已經進去了，不過房子裏依然沒什麼動靜，他不是很相信魔怪就在房子裏，或者魔怪雖然住在裏面，但是現在外出了，因為剛才保羅近距離對着房子發射探測信號也沒有探測到任何魔怪反應。

派恩站了一會，「嘩嘩」的河水聲吸引了他，他走到河邊，看着流速還很急的河水。

「這就是哈根圖普河呀。」派恩自言自語，「不算寬呀。」

這時，派恩感覺到了什麼，　轉身，只見房子的灌木那裏站着一個人，他頓時一驚，連忙走過去。

「喂，你是誰？」派恩指着那個人，大聲喝問，「在這裏幹什麼？」

「我？」那人一愣，「我住在這裏呀，我每天晚上都在這裏散步。」

派恩走過去，看清了那人的面貌，那是一個三、四十歲的男子，身材有點高，他看上去比較平靜，只是一臉好奇地望着自己。

「噢，對不起，打攪了。」派恩感到有些不好意思，這人看上去不像是魔怪，根據派恩的經驗，這人身上看不出魔怪特徵。

那人對派恩笑了笑，向前走去。這時，海倫和本傑明從房子後面的一扇小門衝了出來，海倫指着那個人，大喊起來。

「派恩——攔住他——」

「啊？」派恩一愣。

那人回頭看看，發現海倫追了上來，他掉頭就跑，派恩急忙上前一步，拉住那人的衣服，那人用力一揮，甩開了派恩，快步衝向河邊。

「它是魔怪——保羅——保羅——」海倫大喊着快步追了過來。

　　那人向前衝了幾米，隨後縱身一躍，跳到了水中，轉眼就不見了蹤影。

　　保羅在房子前，聽到了海倫的喊聲，急忙繞過院子，向海倫呼喊的地方跑來。他跑到海倫身邊的時候，看到派恩正在河邊，他先是沿着河向南跑了十幾米，沒看到魔怪，又折返向北跑。

　　「海倫，怎麼了？」保羅急着問。

　　「發射導彈——魔怪跳到水裏了——」海倫指着水面喊道。

　　「我沒有檢測到信號！」保羅飛奔到岸邊，看着流動的河水，他後背的導彈發射架已經彈了出來。

　　「這裏——」派恩指着遠處的河面，「快發射——」

　　「嗖——」，按照派恩的指引，保羅向水面射出了一枚追妖導彈，導彈直奔目標水域，飛速射進水中後發出巨爆，河邊被炸出十米高的水柱。

　　「那裏——」派恩又指着一處水面，「發射——」

　　「嗖——」的一聲，又一枚追妖導彈射出，隨即射進水面爆炸，又一股十米高的水柱掀起，這枚導彈爆炸處距離岸邊近，水花落下後，弄得岸上的派恩他們身上都是水。

「這、這裏——」派恩擦了一把臉上的水，又指着更遠處的水面，「一定是這裏——」

事不遲疑，保羅按照他的指引，又射出一枚導彈，導彈先是擦着水面飛行了幾十米，隨後鑽入水中爆炸，巨大的水柱掀起，然後是「啪啪」的水花落水聲。

「這、這、這……」派恩的手不停地移動着，一會指向南，一會指向北，導彈爆炸後，並沒有魔怪被炸中的絲毫跡象，他的聲音也小了很多。

「喂，老兄！」保羅這次不再發射導彈了，他搖晃着腦袋，看着派恩，「到底是哪裏？我的導彈數量有限，你以為是雞蛋嗎？想買多少買多少……」

「這、這……」派恩低着頭，「我明明看見它跳到水裏去了……」

「派恩！」本傑明走了過去，他氣呼呼地瞪着派恩，「你幹什麼呢？為什麼不攔住它！」

「我……」派恩自知理虧，他抓抓腦袋，「我看見走過來一個人，他説是散步的，我想吃完晚飯沿着河邊散步很正常……」

「你沒看見他是從房子後這個小門走出來的嗎？」本傑明激動地揮着手臂，「從這裏走出來的傢伙你不懷疑嗎？」

「我沒看見。」派恩搖了搖頭，他聲音小了很多，「我當時去了河邊……」

「你這是擅離職守！」本傑明差點跳起來，「你就是這樣當神探的？還天下第一！」

「我沒有帶幽靈雷達，不能探測出魔怪反應，我看他一切正常。」派恩找着理由，「我以前看魔怪很准的，這次這個……」

「剛剛成形，魔怪反應極低，人類特徵保留很多。」海倫走過來，「所以說……」

「你就向着他，這下好了，魔怪跑遠了！」本傑明對着海倫揮動着手臂。

「怎麼衝我發火？」海倫頓時生氣了，「我也不想它跑掉的，我也很着急呀！」

「沒有博士，你們誰都不行！」本傑明大聲喊道。

正在這時，彼得森帶着四個魔法師跑了過來，其中一個魔法師正是那天假扮外賣送遞員的辛克爾，他們一來到就看到河岸邊的爭吵，連忙問原因。

海倫簡單地把剛才發生的情況告訴了彼得森他們，他們聽到後無不大聲歎息。

「你們！你們再等幾分鐘呀！」急脾氣的辛克爾非常激動，「我們這不是趕到了嗎？增援一到，這裏就會被嚴密圍住，你們再進去也不遲呀，着什麼急呀……」

「喂，聽着，你知道當時的情況嗎？」本傑明本來已經不那麼大吼大叫了，看到辛克爾這樣說，又生氣了，

「我用透視眼看到地下室有動靜了，當然要進去看一看，萬一它在裏面察覺到我們呢？我們就在外面傻傻的等，它說不定利用什麼暗道就跑了呢！」

「你倒是很有道理呀！」辛克爾毫不示弱，「可是你進去的結果呢？它還是跑了，我剛才聽到你説的話了，沒有南森，你們都不行！是誰把你們這幾個孩子給找來了？什麼魔法偵探？我們這些魔法師自己也能破這個案子！」

「聽着！德國佬！」本傑明要被辛克爾的話氣瘋了，他指着那所房子，「這個地方就是我們魔法偵探找到的……」

「嗨，我的確出生在丹麥南部，我們那裏的人都會德語，但是我是丹麥佬，不是德國佬！」辛克爾這次也被氣得咬牙切齒的。

「無所謂！」本傑明揮揮手，「反正這裏是我們找到的，你們搜索了整個案發區域，也沒找到這所房子，這裏距離假地址就只有三百米！」

海倫和彼得森上來規勸，他們各自拉開了本傑明和辛克爾，現場平靜下來，只有「嘩嘩」的河水聲傳來。

彼得森帶來的魔法師兩個向北，一個向南，沿着河岸追了幾百米，都沒有發現什麼異常，慢慢地走回來。

　　本傑明站在河邊生着氣，派恩表面上有點若無其事，但是他的心裏也很着急，剛才只要他攔截住魔怪，海倫和本傑明趕到後，一定能抓住它。被本傑明罵了幾句，派恩多少有些不服氣，但是他也知道剛才那個很大的疏漏是自己造成的，他不該去河邊，而是應該牢牢地把守住後門，那樣就能看到魔怪是從房子裏跑出來的，剛才他沒看清魔怪從哪裏來的，真以為他是散步的呢。

　　海倫也有些生氣，不過更多的是懊悔，她覺得這次進屋搜查有些考慮不周，如果博士在，結果一定不一樣。她走到河邊，看着河水，這時，彼得森走到海倫的身邊。

　　「我們現在該怎麼辦？」彼得森問。

　　「等一下，我想稍微靜靜……」海倫擺擺手。

　　彼得森點點頭，站到了一邊。

第十章　科勒島

夜色黑暗，高掛的月亮很是吝嗇地投放了一些光亮，在河面形成點點磷光。海倫站在河邊，看着這條比較平直的哈根圖普河，她慢慢地使自己平復下來。博士在電話裏叮囑她遇事要沉着，自己跟着博士破案的時候，更加險峻的事都遇到過，最後都被博士的沉着冷靜所化解。

「海倫。」保羅在海倫身邊站了一會，慢慢走了過來，「不要灰心，你可以的……」

海倫低頭看了看保羅，保羅對她用力點點頭。

「本傑明説的沒錯，這裏是你帶着我們找到的，所有的推理細節都是對的，所以才能找到魔怪的藏身處。」保羅繼續説，「只是有一些小的偏差，讓魔怪跑了，不過不要被這種小失誤干擾到，按照你的思路走下去，一定可以找到那個魔怪的。」

「謝謝你，保羅。」海倫用感激的目光看着保羅，保羅的信任讓她很感動。

「振作起來，繼續破案。」保羅指着河水説，「你

想想看，那個魔怪跳到水裏後能去哪裏？我們都是支持你的，你一定能找到那個魔怪！」

「好的。」海倫誠摯的點着頭，她暗自鼓勵自己，給自己加油。

這時，又趕來了七、八個魔法師，大家都看着海倫，彼得森其實一直在暗自感歎，魔怪藏身的這所房子他開車都經過了好多次，但還是海倫在這裏找到了魔怪，而且沒用多長時間，這可是他沒想到的。

海倫在河邊走了幾步，她的目光緊緊地盯着河水，一根樹木的斷枝從上游快速漂過，很快就飄遠了。

海倫看着那根漂走的斷枝，若有所思地點點頭，她其實已經有了新的推斷。

「大家都來。」海倫向本傑明、彼得森他們招了招手。

海倫新的推斷是什麼？

人們連忙圍攏過去，海倫站在中間，環視着大家。

「這個魔怪剛剛成形不久，魔怪反應低到用探測儀器隔着建築物都發現不了，而且人類特徵還比較強，派恩跟它面對面也沒察覺它是魔怪。」海倫指着那所房子，「我是進了房間後，在房間裏才探測到一點信號，它當時在地下室，應該是察覺了我們，從地下室的小門跑掉了……」

「天下第一沒有攔住！」本傑明說着瞪了派恩一眼。

「我……」派恩想反駁，但是有些理虧，想不到反駁理由。

「聽着，剛才的行動我們確實有失誤，但現在不是追究責任的時候，現在的任務是補救！」海倫比劃着說。

「你是不是有什麼辦法了？」彼得森有些興奮地問。

「我剛才說了，魔怪剛成形不久，大家都知道，這種魔怪的魔力低，也可以說能力和能量都有限。」海倫說着指了指河面，「你們看，這條河的水流這麼急，它跳到水裏，唯一的選擇就是順流而下，它沒能力逆流而上！」

「你是說那邊是我們的選擇方向？」彼得森指了指南邊，那是河的下游方向。

「向南兩公里，就是這條河的出海口，我看過地圖。」海倫說着把手機拿出來，調出地圖，「剛才保羅用

追妖導彈轟擊它，雖然沒炸中，但是一定震懾了它，從它現在的心理推斷，一定不敢在這條河的兩岸輕易登陸，河的兩岸都是燈光，影響它的行動，而且它不一定能找到新的藏身處，天亮後它會被陽光射殺，最關鍵的是它不知道我們是否在兩岸有所布防，所以更不敢登岸。」

「那它會去……」本傑明的目光落在了哈根圖普河出海口的一個小島上，他指了指小島，「這個島嗎？」

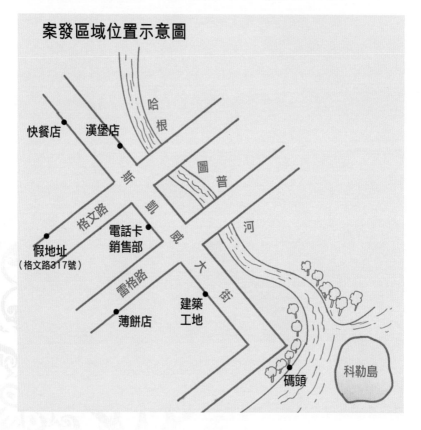

　　「沒錯，就是這個島，大家看看地圖，它在河的出海口中心位置，順着河漂流能直接漂到這個島上。這個魔怪在這一帶活動，對這裏的地形一定也很清楚。」海倫點點頭，「上島以後，它還有時間挖一個地穴藏身，這樣白天一到，它也就不怕了。」

　　「它會不會漂到大海裏去，因為它害怕，所以不敢登岸，小島也不敢去？」辛克爾提了一個問題。

　　「不會的。」派恩搖搖頭，「就憑它這點魔力，一旦漂到海上，就永遠葬身大海了，它游不回來的。」

　　「那我們就行動吧！」辛克爾大聲說道，「就去這個島，我知道這個島叫科勒島，是個荒島。」

　　「聽着，這次我們要布置好，方方面面都不能遺漏。」海倫說道，「彼得森先生，沿着這條河的兩岸，各派兩名魔法師沿河巡邏，以防萬一。另外，請派兩艘快艇，一艘在這條河上反覆搜索，另外一艘圍着科勒島巡航，封鎖這個島。」

　　「好，我馬上安排。」彼得森連忙說。

　　「你安排好後，我們先乘車去河口，那裏有碼頭吧？」

　　「有兩個。」

「我們從碼頭坐船上島，我們三個和保羅，你再帶上四名魔法師。」海倫的腦子裏飛速地想着計劃，「那個島不大，不到一平方公里，我們這些人就夠了。」

「好的，請稍等，我安排好就開車帶你們去。」彼得森説着拉過四個魔法師，「哈森，德蘭納，你們去對岸沿河搜索……」

「保羅，你還有幾枚導彈？」海倫問道。

「只有一枚了。」説着，保羅不滿地看了看派恩，派恩連忙低下頭。

「夠了，對付這個魔怪，武力倒真不是問題。」海倫説。

這時，彼得森已經布置完畢，四名魔法師已經被派出，沿河道兩側搜索，四名魔法師留在原地，等待快艇到達後，分乘兩艘快艇進行任務。

彼得森帶着大家趕到房子的前門，那裏有幾輛他們開來的汽車，大家分乘兩輛汽車，向哈根圖普河的河口趕去。

汽車上，海倫盤算着細節，整體的計劃沒有紕漏，而且能確保萬無一失，關鍵在於如果登島後，魔怪就在島上，怎樣順利地抓到它。海倫不是擔心它的反抗——它的

戰鬥力低下，但是從另外一面講，這種魔怪會很狡猾，戒心更大，並以此彌補自己戰鬥力的不足。

彼得森駕駛汽車，穿行在城市的大街小巷中，留給海倫它們的時間並不多，今晚是個關鍵，那個島對魔怪來說只是個臨時落腳點，它也一定想着如何離開那個荒島，重新潛入城市或者遠走高飛，而這些就是海倫無法預測的了。

十多分鐘後，兩輛汽車趕到了哈根圖普河口的一個小型碼頭。説是小型碼頭，其實還是停泊着幾十艘大小不等的船隻，這些船基本上都是私家遊艇，它們靜靜地停在碼頭，沒有帆的桅杆高高地豎立着。

「海倫，科勒島在我們前方十一點方向，距離四百米。」彼得森指着前方平靜的水面，「現在是夜間，看不見那個島，白天看得很清楚。」

「好，那我們快去，怎麼登島？你聯繫警方了嗎？」海倫問。

「等警方的快艇來，太耽誤時間了。」彼得森對辛克爾招招手，隨後指了指距離碼頭最近的一艘較大的遊艇，「那艘船大，把它弄來。」

辛克爾連忙走過去，他彎腰摘下那艘遊艇綁在棧橋上

的繩索，用力一拉，遊艇的尾部慢慢靠到了棧橋上。

「上船上船！」辛克爾喊道。

彼得森第一個踏上了遊艇，大家一個個都上到艇上，辛克爾最後一個上艇，然後把繩索收回，扔到了艇尾。

「彼得森，可以開船了。」辛克爾説着向駕駛室走去。

駕駛室裏，彼得森唸了一句魔法口訣，駕駛台上的儀錶盤被他輕鬆摘了下來，他靈巧地用手摘下一根金屬線，把這根金屬線搭在另外一根線上，「轟」的一聲，遊艇的發動機點火了。

「好，馬力夠大。」彼得森説着對身邊的海倫笑了笑。

隨後，彼得森打開了駕駛台左側的一個抽屜，從裏面翻找出一個本子，他看了看本子，隨後把本子遞給了辛克爾。

「這是這艘船的航海日誌，這艘船叫海上騎兵號，現在是海上魔法師號了。」彼得森笑着説，「辛克爾，日誌上有這艘船船主的名字和電話，你叫警方給船主打電話，這艘船被徵用了，作為一個哥本哈根市的良好市民，船主應該感到萬分榮幸……」

辛克爾接過航海日誌，去船尾打電話了。彼得森則走到方向舵前，雙手扶舵，按下啟動按鈕，打開前大燈，遊艇轟鳴着開出了碼頭。

　　遊艇行駛到海面上，本傑明和派恩一起上到二層甲板，從那裏眺望遠處的科勒島。這麼晚了，水面上行駛的船隻倒是不少，本傑明猜想，那個魔怪應該已經上到島上了，說不定正在挖地穴呢。

　　「嗡——嗡——」一艘很大的貨運船鳴着沉悶的笛聲，從遠處向着河岸開去，本傑明轉頭去看那艘大船，和派恩的眼神相遇，本傑明對他點點頭，派恩也點了點頭。

　　駕駛艙裏，海倫和保羅一直站在「船長」彼得森身邊。遠處，一個黑乎乎的島嶼依稀可見了。

　　「彼得森先生，我們的船開到島上去，不會引起魔怪的注意嗎？」海倫忽然想到一個問題。

　　「應該不會，你看，周圍還有一些船呢，這個水域是繁忙水域。」彼得森說，「距離一百米的時候，我會關掉發動機，靠慣性靠岸。」

　　「這個辦法好。」海倫非常高興地說。

　　「科勒島我上去過一次。」彼得森看着遠處的水面，「島上曾經有過一所小工廠，後來拆了，所以變成了荒島，噢，島上現在的主人是兔子。」

　　「兔子？」

　　「對，到處都是兔子。」

　　遊艇快速地前進，前面的科勒島在黑暗的夜色中，也依稀可見了，這個小島孤零零地獨立於水面上，顯得毫無生氣。

第十一章　小水滴

前方，就是科勒島了，遊艇的正面是一個廢棄的碼頭，棧橋基本垮塌，只有兩三根椿木裸露在水面外，臨近小島不到一百米時，彼得森關閉了發動機和前燈，遊艇頓時安靜下來，筆直地向小島駛去，彼得森嫻熟地駕駛着遊艇，距離岸邊還有十幾米的時候，他把方向一轉，遊艇劃了一個小弧線，艇身的左舷平穩地擦着水岸停下。

「大家小心，盡量不要出聲，我們上岸。」彼得森走出駕駛室，對船尾和甲板上的魔法師們説道。

海倫抱起了保羅，她看了看眼前的水岸，彼得森用電筒為她照明。海倫一個箭步跨出去，她踩在一塊岸邊的圓石上，隨後用力一蹬，邁步到了岸上。岸邊有一片水泥平台，這裏以前是碼頭，海倫放下保羅，對後面的人招招手。

本傑明和派恩跟着上了岸，他倆登岸後一左一右，監視着前方。緊接着，辛克爾和幾個魔法師也登了岸，彼得森最後一個到岸上去。

　　他們前進了十幾米，碼頭之外，已經全部被高草所覆蓋，依靠月光可以看見島上有幾棵高大的樹木分散豎立着。大家在一塊大石頭後停下。

　　「廢棄工廠就在島的中央位置。」彼得森看看海倫，「我們現在該怎麼搜索？」

　　「如果我是魔怪，受到驚嚇後慌忙上島，我會儘快進入內陸，找掩護也好，挖藏身洞也好。」海倫想了想，「所以我們拉開一條橫向散兵線，向心搜索。」

　　「好，我也這樣認為。」彼得森點點頭，「那我們現在就開始行動。」

　　「保羅，你要不停地發射探測信號，這裏基本沒有遮罩物，如果魔怪離得很近，還是能發現它的。」海倫叮囑道。

　　「好的。」保羅回答。

　　他們排開了散兵線，海倫、彼得森和保羅居中，左側是本傑明和兩個魔法師，右側是派恩和兩個魔法師，他們之間每人相距二十米，能隱約看到對方。

　　海倫揮揮手，他們一起開始向前，這時，島上起了風，那些高草被吹得東倒西歪。

　　保羅走在高高的草中有些吃力，他不停地向前方發射

探測信號，不過沒有任何收穫，他的身後就是海倫，海倫的頭髮都被風吹得飛了起來，海倫盡量壓低身子，一步步地前行，前面除了黑暗還是黑暗，除了草還是草，只有風把草葉吹得搖晃着發出「沙沙」的聲音，算是給這個小島填了一點點的生機。

「嗖」的一聲，一個黑影一竄，保羅被嚇得跳了起來，海倫也看到了那個黑影，她連忙半蹲下，準備發起攻擊。

「呼」的一聲，保羅竄了出去，他向着黑影緊追兩步，隨後掉頭走了回來。

「是一隻兔子。」保羅對海倫説道，「我開着夜視眼呢，一隻很大的兔子。」

「真是個兔子島呀。」海倫站立起來。

「嗨——出來——」本傑明的聲音忽然傳來。

海倫一驚，連忙向本傑明那邊跑去，保羅已經飛快地奔了過去。這時，本傑明對海倫和左側趕來支援的魔法師擺擺手。

「是一隻兔子，我這邊沒事。」

又是虛驚一場，海倫稍微放鬆了一些，保羅跑了回來，他對着海倫搖搖頭，説自己看見了那隻兔子。

大家繼續同向前進，走了兩百多米後，前方出現了一所孤零零的房子，大家看到後，全都緊張起來。

這時，彼得森轉身走了過來。

「那裏就是廢棄工廠了，也就是這個島的中心。」彼得森說，「建築物是魔怪藏身的重要場所，能遮蔽陽光和雨水……」

　　海倫會意地點點頭，隨後，彼得森把大家都召集起來。他們計劃包圍那所房子，隨後向房子突擊，如果魔怪躲在裏面，將被一舉抓獲。

在距離房子五十米的地方，他們重新組成了一個圓形的隊型，然後開始一點點地向房子靠近。此時，他們發現那裏其實是一片房子，只不過其他的都倒塌了，只有這一所房子還比較完好，甚至所有的窗戶都是完好的。

大家彎着腰，悄悄地抵近那所房子，房子的四角也已經長滿了高草，海倫和本傑明、彼得森慢慢來到前門，幾名魔法師則守在房子的四周。保羅向房子裏發射了一個探測信號，不過還是沒有發現什麼。

海倫半蹲在門前，看着那扇半開的的破門，她做了一個進入的暗號手勢，本傑明上去一腳踢開門，闖了進去，彼得森緊跟着衝了進去。

房間裏一片昏暗，地上有很多破爛的木板和磚塊，風吹進來的種子使得房間裏也長了一些草，彼得森用電筒照射着房間，裏面空空蕩蕩的，什麼都沒有。

「不在裏面。」彼得森對着外面喊道。

外面的人聽到這話，全都站立起來。海倫和保羅進到房間裏，辛克爾也跟了進來，海倫有些失望，這裏應該是魔怪首選的藏身之處。

「我們走吧，島的另一邊我們還沒有看過。」彼得森走過來建議道。

「會不會不在這個小島上呀？」辛克爾環視着四周，「這麼小的一個島，另一邊要是沒有怎麼辦？」

「那就接着找。」本傑明小聲說，他也是說給自己的，「總不能放棄。」

海倫想向外走，她隨手打開幽靈雷達的照明模式，對着地板上看了看，忽然，海倫蹲了下去，她把燈光聚焦在地板的一處。

地板上，有幾處不到一厘米大，水滴滴過的痕跡，圓圓的外形，而且還沒有乾。

「保羅，檢測這些痕跡。」海倫叫保羅過來，「新鮮的，是液體。」

保羅走了過來，低頭看看那幾個痕跡，忽然，他的兩眼射出兩道紅光，紅光集中覆蓋在一個痕跡上，持續了十秒鐘。緊接着，兩道綠光又照射過去，也持續了十秒鐘。

「稍等一下，我正在分析。」保羅對海

倫説道。

　　大家都安靜地看着保羅，保羅則顯得有些得意。幾秒鐘後，保羅的後背列印出一張資料單，海倫連忙撕下來。

　　「液體是水，含有鹽的成分。」保羅説出了資料記錄，「丹麥海域的鹽度在千分之三十五左右，水滴檢測到的鹽度大概是千分之二十，是典型的出海口水域鹽度數值，即是河裏的淡水沖淡了出海口的鹹水的混合值。肯定地説，水滴就是來自這個島周邊水域的。」

　　「而且還是新鮮的，還沒有完全乾。」海倫一臉的興奮，「魔怪來過這裏，它上島了，而且還進過這所房子，這就是不久前發生的事，也就是在我們進來之前！」

　　現場頓時興奮起來，果然一切都如海倫判斷的那樣，魔怪就在這個島上。三個魔法師立即衝出房子，在房子周圍開始搜索。彼得森也跟着出了房子，他拿出電話，邊打邊看着周圍的情況，這個島上的信號不是很好，彼得森大聲叫在哈根圖普河兩岸搜索的四名魔法師立即趕到科勒島增援，還命令在河道上搜索的那艘快艇前往科勒島，與本來就在科勒島周圍巡航的快艇一起封鎖科勒島，嚴防魔怪逃出。

　　幾個魔法師把房子周圍搜了個遍，但是並沒有發現任

何魔怪，本傑明帶着保羅來到房子旁一百米處一個地勢稍高的地方，保羅站在一塊石頭上，對着東西南北四個方向連連發射探測信號，但是都沒有什麼反應。

大家再次聚集在房子前，海倫看着手機地圖上的科勒島，不免也有些焦急。

「我們是從島的西岸登陸的，然後一路向東走到這裏，這是島的中心。」海倫的手指着熒幕，「島的東邊我們還沒有去過，我們還是應該排成一條散兵線，對島的東邊拉網搜索！」

「我覺得它有可能跑到島的東邊去了。」派恩附和道。

「我們的間距應該再拉大一些，這樣我們的搜索面積就會更大一些。」彼得森說，「我們一共八個人，每人相距一百多米，基本就能平掃過去，岸邊有我的兩艘快艇在巡航，魔怪估計也不敢離岸很近。」

海倫立即採納了彼得森的建議，他們再次排成一條橫向的直線，距離加大到每人相隔一百多米，最左邊的是派恩，最右邊的是彼得森，這樣覆蓋面積就大了很多，但是一百多米的間隙也大了，這就要求魔法師們要萬分注意左右兩邊的情況。

　　海倫和保羅依舊走在中間，海倫看了看左右兩邊，她
左邊的魔法師依稀能看見，因為那裏的草木較少，右邊的
那個魔法師完全看不見了，那裏長滿了高草。

　　「啪──」的一聲，海倫向半空中打亮了一顆亮光
球，亮光球升起二十多米後，在半空中懸停了兩秒，隨即
熄滅，這是前進信號，最左邊和最右邊的派恩和彼得森都
看到了這個亮光球，大家一起向前，向島的東部推進。

　　小島東部的草仍然是又高又密，保羅困難地走在海倫
前面，邊走邊發射着探測信號，行進中，仍有一、兩隻兔
子突然竄出來，不過大家基本都習慣了。

　　派恩走在最左邊，他的左邊不到一百米，就是島嶼的
岸邊了，他能清晰地聽到快艇在島的周圍巡航的聲音，走
到地勢高之處，還能看見快艇在水面駛過，快艇上有魔法
師用強光大燈照射着岸邊和水面，派恩也看到了。

　　前面，又有一隻兔子竄了出來，這隻兔子距離派恩
不到十米，居然不跑，派恩衝過去，趕走了牠。這樣走了
一、兩百米，派恩覺得快走到底了。

　　派恩右邊的魔法師是辛克爾，他一直處於比較緊張
的狀態之中，因為他覺得小島西部已經搜索過，既然魔怪
就在島上，那麼在東部的可能性極大，説不定從什麼地方

會突然跳出來。至此，辛克爾已經開始暗自佩服海倫他們了，不愧是南森的學生，他覺得自己的確小看他們了。

「沙沙」的草葉摩擦聲在草地上響起，除了這個聲音，小島上就沒有其他聲音了，風比剛才小了很多，派恩抬頭看了看天，月亮被幾塊黑雲遮蓋住了。

又向前走了幾十米，派恩忽然發現前方是一個小小的海灣。這個島可不是完全規則的正方形小島，這是一個有些橢圓形的小島，派恩看到海灣，覺得就要到小島東部的盡頭了，他向右邊看了看，辛克爾隱沒在草叢中。

忽然，派恩前方十幾米的草叢裏有個影子一晃，草也隨之晃動起來。又是兔子？派恩心想，不過仔細一看，草叢中黑乎乎的影子很大，不像是兔子。

第十二章　逃跑的兔子

「是誰——」派恩大喊起來，同時做好了攻擊準備，「快出來——不出來我就攻擊了——」

「不要，自己人。」草叢中的黑影站了起來，他雙手伸出，向派恩示意自己什麼都沒拿，「我出來了——」

那人走出草叢，慢慢向派恩這裏走來。他大大的眼睛，年約三十多歲，不胖不瘦，穿着夾克和運動褲，一直對派恩笑。

「你是誰？到這個島上幹什麼？」派恩問。

「和你一樣呀。」那人站在派恩面前，「你不是來這裏抓魔怪的嗎？我也是呀，我是來增援的魔法師……」

「哦。」派恩點了點頭，彼得森打電話呼叫增援他是知道的，不過剛才在斯凱威大街和格文路十字路口魔怪藏身的房子那裏，一下有十多個魔法師出現，天色又很黑，所以他也記不清那些魔法師的樣子，「就你一個？另外三個呢？」

「我們在不同地點上岸。」魔法師說。

「你們怎樣來這個島的？」

「在碼頭找了艘船。」魔法師説，他有些着急地問，「怎麼樣？找到魔怪了嗎？」

「沒有，我們都快搜遍全島了。」派恩搖了搖頭。

「噢，沒那麼輕鬆就找到的。」魔法師説，「彼得森……在不在，我要去找他……」

「他在那一邊。」派恩指着右側，「右邊最末端，離這裏應該有七、八百米吧，你要小心點，不要弄出太大聲響……」

「好的。」魔法師説着向派恩指的方向走去，「謝謝。」

派恩笑笑，他看着那魔法師的背影，忽然，一絲驚恐襲來，派恩留意到那魔法師的衣着打扮，又發現他走起路來顯得非常僵硬，很不自然。

「喂──」派恩喊道。

「叫我嗎？」魔法師聽到後，轉身指着自己問。

「對，你來一下。」派恩説着向前走了兩步，「我説，其實我覺得那個魔怪早就跑了，在這個島上這麼亂找根本就是浪費時間。」

「是嗎，你覺得魔怪早就跑了？」魔法師有些吃驚地

問。

「是呀。我看你就不要找什麼彼得森了，你就和我在一起吧。」派恩説着指了指不遠處，「看看，走到那裏就算到盡頭了，這個島就找遍了，不會有結果的。」

「那不好吧，我是彼得森叫來的……」

「那好吧，你去吧。」派恩忽然想起了什麼，「啊，對了，今天晚上哥本哈根隊和歐登塞隊的比賽看了嗎？誰贏了？」

「這個……」魔法師聳聳肩，「我們晚上一直在忙着抓魔怪，沒看呀……」

「噢，對不起，我忘了。」派恩笑了，「奪冠之戰呀，萬眾矚目，噢，你是球迷吧？」

「是，當然是，我們這裏的男人都是……」

「所以說你是個騙子！」派恩說着猛地一伸手，推出一個光球，「凝固氣流彈──」

光球飛過去，「轟」的一聲就把那男子打倒在地，同時，派恩向天上射出一顆紅色亮光球，這是發現魔怪的信號。

那個男子猛然遭到攻擊，倒地後呻吟起來，派恩衝上去，一腳踩在男子身上，那男子起不了身，轉頭看着派恩，派恩吃驚地發現，這個傢伙的相貌變了，他就是那個在魔怪藏身房子後面遇到的魔怪──它變回原形了，正在派恩吃驚的時候，魔怪忽然一揚手。

「迷眼魔沙──」

　　隨着魔怪的口訣，一把白霧一樣的沙子飛向派恩，那把沙子頓時包裹住了派恩的頭，派恩眼裏進了沙子，捂着眼睛痛苦地叫了起來，魔怪翻身起來，一拳就打倒了派恩，他從地上撿起一塊石頭，對着派恩的頭就要砸下去。

　　「啪——」的一聲，一道閃電擊中了那塊正在砸下的石頭，石頭被擊打到一邊去，魔怪一愣，只見辛克爾飛撲過來，他一拳砸在魔怪的肩膀上，魔怪的身體橫着就飛了出去，摔在地上。

　　「啊——」辛克爾揮着拳頭，猛撲上去，這一拳打下去，魔怪大概就再也站不起來了。

　　「迷眼魔沙——」魔怪半躺在地上，突然向辛克爾甩出一把沙子。

　　迷眼魔沙急速飛向辛克爾，轉眼間就包裹住了他的頭部，辛克爾的眼睛裏也進了沙子，他大叫着，一手捂着眼睛，一手掄着拳頭，但由於看不見，完全失去了攻擊目標。

　　魔怪爬起來，慌忙向草叢裏跑去，幾秒鐘的時間，就不見了蹤影。

　　「啊呀——啊呀——」草叢裏，派恩和辛克爾捂着眼睛，痛苦地喊叫着。

本傑明和一個魔法師飛奔過來，看到兩人，急忙問發生了什麼。辛克爾說自己和派恩被魔怪用迷眼魔沙攻擊了。

本傑明帶着急救水，連忙向兩人的眼裏滴了急救水。急救水迅速見效，從他倆的眼睛裏驅離出沙粒，他倆的眼睛都紅腫起來，但是沒那麼痛了。

海倫和彼得森也趕了過來，他們看見派恩和辛克爾坐在地上，頭仰着，本傑明端着急救水，正在給他們治療。海倫問了情況，派恩把剛才發生的事告訴了海倫。他説自己開始沒有懷疑魔怪的身分，真的以為他是來支援的魔法師，但是魔怪走的時候，派恩看到魔怪的衣服都凍到僵硬了，它明顯下過水，卻說自己是乘船上岸的，於是他就想了一個問題去問魔怪，哥本哈根和歐登塞隊的焦點之戰其實在昨天已經比賽完了，他知道畏光的魔怪一定不會看電視，而自稱球迷的魔怪正好順着派恩的話回答說出來工作，沒看今天晚上的比賽，派恩當即就判斷出它的身分。

「它居然知道我的名字！」彼得森在一邊有些着急了，「它怎麼會知道我的名字的？」

「你剛才在房子外打電話叫增援，聲音那麼大，一開始就説你是彼得森。」本傑明説，「也許被它聽到了！」

「噢，這……」彼得森很是不好意思地抓了抓腦袋。

「海倫，房子裏發現的水滴應該是魔怪頭髮上滴下來的。」派恩忽然想起什麼，「天氣這麼冷，它上岸後衣服凍住了，但是魔怪頭頂都是有一點温度的，頭髮沒有凍住，它頭髮比較長，蓄積了一些水，所以……」

「明白了，長頭髮魔怪。」海倫點點頭，隨後看看眾人，「大家記住這個特徵。」

「我這次沒上當。」派恩忙不迭地說，「它暗地裏看到是我，因為我見過它，所以它變化了模樣，但我還是識破它了。」

「嗯，這次的表現有點接近神探了。」本傑明又往派恩的眼睛裏滴了幾滴急救水。

「哈哈，得到你的誇獎可真不容易呀。」派恩立即笑了。

「我可沒誇獎你，我是說你接近神探了，真以為自己天下第一呀。」本傑明說完又給辛克爾滴了幾滴急救水，「嗨，德國人，好點了嗎？」

「我有德國口音，但我是丹麥人。」辛克爾仰着頭解釋着，「我出生在靠近德國的南部……」

「隨便啦。」本傑明不想聽他的解釋，他站了起來，

「剛成形的魔怪攻擊力差，但是總有一招能脫身的招數，『迷眼魔沙』其實很好防禦的……」

「它突然用這招，我又沒想到。」派恩站了起來，他眨了眨眼，「我的眼睛基本好了……」

辛克爾也站了起來，他的眼睛不痛了，也基本消腫了，海倫叫大家小心魔怪的這個招數。這時，彼得森接到電話，四名新來增援的魔法師在島的西部登陸了。

海倫立即告訴彼得森，叫那四個魔法師在原地不動，聽候指示。

「我們現在在島的最東邊，新來增援的魔法師在最西邊。」海倫做了一個合攏的手勢，「我們正好對進合圍！」

「他不會跳水跑了吧？」辛克爾問，「剛才我被迷了眼，看不見它的去向。」

「你聽見落水聲了嗎？」海倫問。

「沒有。」

「大家看。」海倫指着海面上開着大燈快速駛過的快艇，「兩艘快艇圍繞着小島行駛，魔怪不會不知道，要是跳到水裏，它的行動就會更加緩慢，被快艇發現了，它連拋灑迷眼魔沙的機會都沒有了，單是快艇上的大燈就能降

服它，所以它一定還在島上。這裏是最東邊，它剛才沒有選擇，只有再向內陸逃竄。」

「好，我馬上給他們打電話，叫他們向東拉網前進。」彼得森説着便開始撥號。

新的方案形成，大家再次排成一條長長的散兵線，所有人的位置和剛才一樣，只不過調轉了方向。

大家再次開始前進，這次，所有的人更加謹慎了，魔怪已經向內陸逃竄，對面的魔法師也搜索過來，魔怪隨時會出現，大家的精神都高度集中。

風，再次颳起，荒島上的高草拼命地搖晃着身子，似乎都在説——「魔怪在這裏」。

保羅還是走在海倫前面，他情緒有些低落，平日經常發揮奇效的魔怪預警系統，由於遇到的是一個剛成形的魔怪，發揮不了多大效用，這也將會影響他使用追妖導彈。

前面，又是那所房子。夜色中，房子的外形已經可以辨認了。

「啊呀——」，保羅忽然喊了一聲。

「保羅——」海倫忽然發現保羅不見了，急忙向前走了幾步。

「我在這裏——」保羅的聲音從地下傳來，「這是誰

呀，挖了個洞——」

　　海倫連忙蹲下身，她看到保羅掉到一個洞裏去，便伸手把保羅拉了出來，保羅一出來，就抖着身上的泥土。

　　這個洞並不深，還不到一米，洞口有半米寬，這個洞不是垂直的，是斜向開挖的。海倫抓了一把洞口的泥土，發現泥土是新鮮的。

　　「這麼大的洞口，不是兔子洞。」海倫捏碎了手中的泥土，「這是魔怪的藏身洞，它沒有挖完就跑了。」

　　「是藏身洞？」保羅驚叫起來。

　　「斜向挖洞，洞口大，泥土新鮮，還能有誰？」海倫説着站了起來，「走吧。」

　　海倫和保羅繼續向前，海倫覺得他們正在縮小包圍圈，魔怪藏不到那裏去了。

　　「嗖——」的一下，一隻很大的兔子從草叢裏跳出來，保羅早就麻木了，他對那兔子揮揮手。

　　「一邊去，一邊去。」

　　兔子似乎很聽保羅的話，牠轉身跳向一邊的草叢，不過牠的姿勢比較怪異，不停地甩着腿，腦袋也不停地晃着。

　　「保羅，追那隻兔子。」海倫想到什麼，説着立即追了上去。

　　兔子已經鑽進草叢，保羅聽到海倫的指令，一頭就扎進草叢，那隻兔子還在晃着頭，看見保羅進了草叢，立即就跑。

　　忽然，保羅的魔怪預警系統收到了自動發射後的魔怪反應，雖然很低，但的確是魔怪的反應，這個反應來自於前方五、六米遠的那隻兔子。

　　「海倫——牠是魔怪——」保羅説着縱身一躍，飛身上去撲住了那假兔子。

　　「嗖——啪——」海倫向天空中發射了一枚紅色的亮光球。

　　被保羅按住的兔子一動不動，渾身發顫，保羅死死地按着牠，唯恐牠逃脱。海倫追了上來，看見保羅按着兔子，她衝上去想抓起那兔子。

　　「呼——」的一聲，一個黑影從兔子的身體裏急速飄出，那隻兔子在黑影飄出後，頓時躺在地上，痛苦地掙扎着。黑影從兔子身體脱離後，飛出了幾米，轉眼間就變成一個人形，這個人形向前面那所房子跑去，保羅追上去，一口就咬住了那個黑影的腿，這個黑影就是魔怪。

　　「嗨——」海倫追上去，一拳就砸在魔怪的後背上，魔怪慘叫一聲，差點被打倒在地，牠一揮手，一把白色的

氣團被拋出。

「迷眼魔沙——」

「球體保護罩——」與此同時，海倫唸了一句魔法口訣。

一個圓形的透明保護罩立即出現在海倫的頭上，將海倫的頭完全包裹住，那股魔沙努力地想鑽進海倫的眼睛，但是根本拿保護罩毫無辦法，這股迷眼魔沙頓時泄了氣，像是得到號令一樣，一起飄落到地上。

保羅還在咬着魔怪，魔怪怎樣也擺脫不了，它對着保羅甩出一把迷眼魔沙，保羅可沒有唸口訣，魔沙裹住了他的頭部，鑽進了他的眼睛，保羅毫無反應，仍然死死地咬着魔怪，他是完全機械化的，迷眼魔沙對他一點作用也沒有。

　　戴着保護罩的海倫再次飛撲過去，她一拳砸在魔怪身上，魔怪翻倒在地上，不過正好甩開了保羅，它爬起來向前面的房子跑去。

　　「用導彈炸它？」保羅的後背上已經彈出了導彈發射架。

　　「不用這麼浪費！」海倫説道，她一揮手，「凝固氣流彈——」

　　「嗖——」，一枚氣流彈直直地飛向魔怪，「轟」的一聲，氣流彈準確命中魔怪的後背，並立即炸響，魔怪慘叫着被炸倒在地，它試着想起

來，但是爬都爬不起來。這時，本傑明和一個魔法師從魔怪的兩側快步衝來，看見魔怪被擊倒，本傑明距離它十幾米，一甩手，一根綑妖繩便飛出，頓時把魔怪綑得結結實實。

「啊──啊──」魔怪叫着，扭動着身體，想擺脫綑妖繩的束縛，不過這種掙扎毫無作用，海倫不慌不忙地走到魔怪身前，看着扭動的魔怪。

「喂，不要費勁了，沒用的。」保羅伸出手，拍了拍魔怪，「就你這點魔力還出來作怪，真給魔怪界丟人呀。」

「呼——」的一聲，魔怪一張嘴，對着保羅噴出一股火焰，保羅嚇了一跳，連忙躲閃，不過那股火焰噴出的長度只有十幾厘米，而且火苗很小，根本就傷害不了人。

「哈哈哈，還有這一手呢。」保羅上去就是一拳，狠狠地砸在魔怪頭上，「我以前遇到的隨便哪個魔怪，打個嗝吐出的氣都比你這股火焰長幾倍。」

魔怪徹底沒有力氣了，也不掙扎了，它一頭倒在地上，也許是覺得丟人，面朝着地面，埋進草裏，一動不動。

第十三章　叫尼里的魔怪

魔法師們都趕了過來，海倫對彼得森招招手，叫他通知所有正在周邊巡邏搜索的魔法師，魔怪已經被抓到，可以收隊了。

派恩走過來，他蹲下身子，用力把魔怪的頭轉過來，還用手掰開它的嘴，看它的牙齒。

「海倫，你看這是什麼類型的魔怪呀？」派恩喊道，「牙齒有點像吸血鬼的，不過外形是個普通怨靈。」

「這樣的魔怪，最少長十年才能最終定型。」海倫蹲下身子，仔細看着魔怪，「尖牙長出來，就是吸血鬼，長不出來就是怨靈。」

「海倫，哥本哈根魔法師聯合會説一會兒派直升機把我們接走。」彼得森走過來説，「他們説抓住魔怪了，不能讓我們帶着這傢伙又坐船又乘車，直升機會把我們直接帶到聯合會去。」

「很好，那現在正好問問它。」海倫説着讓本傑明和派恩把魔怪扶起來，讓它靠在一塊石頭上。

魔怪聽任着魔法師的擺布，它知道這次是徹底失敗了。

「你叫什麼名字？」海倫問了第一個問題。

魔怪就像沒聽見一樣，只是低着頭，一動不動。

「彼得森先生，請把強光電筒給我。」本傑明説着向彼得森要過電筒，他把電筒打開，然後用強光直射魔怪的臉部。

「我叫尼里，我叫尼里——」魔怪拚命地扭着頭，想要擺脱電筒光的照射，「不要照我——」

「很好，尼里。」海倫制止了本傑明，「我首先要知道，本月7號和8號，兩個外賣送遞員是不是你殺的？」

「是，是我幹的。」尼里低着頭，喘了口氣，隨後點了點頭。

「很好，承認了就好。」海倫點點頭，「你是怎麼變成……幽靈的？」

「二十年多前，我被欠我錢的人殺了，被埋在哈根圖普河邊的墓地裏，我有怨氣，所以我的魂魄不散。一年多前，我的身體輕了，我能飄出墓地了，也有些魔法了。」尼里說着咬了咬牙，「我要報仇，殺了那個害死我的人，不過他被判了刑，十多年後出獄，去了瑞典，不在哥本哈根了。」

「欠你錢的人殺了你？」海倫看着尼里，「什麼錢？」

「賭債。」尼里簡單地說。

「明白了。」海倫也沒有多問，「所以你就一直飄蕩在外？」

尼里沒說話，只是點點頭。

「你埋在哈根圖普河邊的墓地？」彼得森插話問，「是靠近出海口的那個墓地嗎？」

　　「是的。」尼里回答道。

　　「就在案發區域不遠的地方，所以它對這邊的情況很熟悉。」彼得森對海倫說。

　　「嗯。」海倫看看彼得森，「才成形一年多，距離一個真正的魔怪還差很遠，這個樣子就出來害人了。」

　　隨即，海倫轉頭看着魔怪尼里，尼里的目光和海倫相遇，連忙低下頭。

　　「你還沒完全成形，就急着躲進人的身體？」海倫又問，「如果我沒有猜錯，你對受害者使用的是『人身併入術』，而且都失敗了，對吧？」

　　「這⋯⋯我控制不了那兩個人，然後就從他們的身體裏出來，他們就死了。」尼里知道，什麼都瞞不住了，他所面對的魔法師什麼都清楚，他先回答了一個問題，然後停頓下來。

　　「你連一隻兔子都控制不了！」海倫冷冷地說，「實話告訴你，這就是最後發現你的原因，你附體的那隻兔子走路都變形了！」

　　「我知道，我知道。」尼里歎了口氣，「我⋯⋯我本意是想去報仇，殺了那個害我的人，但是我根本無法遠距離移動，而且特別怕光，於是我就想到了這個辦法，我想

藏進一個人的身體，控制他……我想了很長時間，想到了請外賣送遞員上門的辦法，因為外面有路燈，這樣的燈光也會影響我的行動，我無法去街上害人，而且我有吸血鬼的特徵，沒有受到人邀請就無法潛入到別人家害人。」

「先把外賣送遞員引到一個假地址，再等他們打電話給你，你把他們引到斯凱威大街和格文路十字路口的房子裏殺害，這個計劃很狡猾呀。」本傑明插話說。

「嗯……你知道，有時候要急於完成某件事情，就會去構想一個計劃，並且不斷完善這個計劃，計劃完成後我就辦了電話卡去實行它了……」尼里有些若無其事地說。

「不過你還是被識破了。」派恩用冷嘲的語氣說道。

「推銷保險的電話你怎麼接了？」海倫又問了一個問題。

「我正等着外賣送遞員的電話，突然來個電話，我以為是，就接了。」

「然後你就罵人家了？」

「是。」

「那兩個無人住的房子，格文路317號和你藏身並殺害送遞員的房子，跟你有關係嗎？你怎麼找到的？」海倫轉向另外一個問題。

「沒有關係，找空房子很簡單……」

「簡單？」

「一家家看，信報箱裏塞滿報紙和信件的，一定是無人住的，我就這樣挑中了那兩所房子。」

「那麼……2月7日、8日你連害兩人後，隔了一天，即2月10日你又給一家漢堡店打電話，外賣送遞員也去了格文路，發現無人後打你的電話，你怎麼不接了？」

「我……預感不好，非常不好，就終止了行動，我覺得魔法師可能在找我……」尼里説着看了看海倫，苦笑起來，「我的預感果然沒有錯。」

「我們到達你藏身的房子時，你也預感到了？」海倫問。

「不是，我當時在地下室，聽到一樓有聲音，就從地下室後門跑了……」

「哇，是我不小心碰到椅子，是我不好，是我不好。」本傑明連忙尷尬地説，「否則在哪裏就抓到它了。」

「你游到這個島上後是不是先進了那所房子？」海倫指了指不遠處的房子，「怎麼又放棄了？」

「是先去了那所房子，本來想躲在那裏，後來覺得

房子的目標太突出，這個島又太小，就想找艘船離開這個島。」尼里似乎被問煩了，主動解答起疑問來，「我剛離開房子，你們就到了，我就去東邊的岸邊，想從那裏逃跑。到了岸邊，看到有快艇在搜索，找了半天也沒有船，正在緊張的時候，這個小魔法師就來了，當時他沒看見我，我先發現他了，我就變化了模樣……」

說着，尼里指了指派恩。

「喂，你跟他說自己是哥本哈根的魔法師，萬一他也是哥本哈根的魔法師呢？」彼得森也指着派恩問，「不就當場識破你了？」

「口音，一口倫敦腔，一定不是本地魔法師，一定是你們請的外援！在格文路十字路口那房子後面第一次遇到他，我就知道他是幹什麼的了。」

「噢！」彼得森恍然大悟，「那你怎麼知道我叫彼得森？我們打過交道嗎？」

「你們到了那房子後我沒有立即走，而是躲在一邊觀察，你走出來打電話叫增援，第一句就說你是彼得森，我都聽到了！」

「啊呀！」彼得森驚叫起來，他滿臉通紅，很是羞愧，「果然是這樣！我自己說出來了……」

「從東岸跑掉後，你就想挖洞藏身了？」海倫看了看尼里。

「對，先是挖洞，沒挖多久就感到你們來了，於是馬上附身一隻兔子，結果……」尼里沒把話説完，只是又歎了一口氣。

「我沒有問題了。」海倫説完看了看彼得森，彼得森搖了搖頭，表示自己也沒有問題要問了。

不遠的天空中，傳來直升機馬達的轟鳴聲，兩架直升機由遠及近地快速飛來，辛克爾高舉起電筒，對着天空照射，為直升機指引自己的方向。

「聯合會的會長説，這傢伙要帶回去審問。」彼得森走到海倫身邊，做進一步的解釋，「哥本哈根近年很少有魔怪，我們想從它身上找到可能隱藏的其他魔怪的線索。」

「明白，你們是本地的魔法師，理應由你們處置。」海倫點着頭説。

直升機緩緩地開始降落了，大家都退到一邊，螺旋槳捲起的風很大，海倫的頭髮都飄了起來，她又往後退了幾米，看了看身邊的本傑明，他倆互相點點頭，他們的這次任務完成得比較圓滿。

尾聲

倫敦，魔幻偵探所，一個月後……

「本傑明——派恩——快幫我把盤子和碗都拿來——」海倫在廚房裏大叫着。

「來了來了。」本傑明和派恩連忙跑進廚房。

「嘗嘗我的美味布丁、奶油蛋糕，還有蘑菇湯，保證你們吃了以後都吃不下晚飯了。」海倫誇耀着，她在廚房裏忙了半天了，「博士呢？」

「和保羅去散步，還沒回來。」派恩説着想用手指去挖蛋糕奶油，被海倫打手後連忙縮了回去。

這時，門開了，南森帶着保羅走了進來。他的精神很好，神采奕奕的。

「嗨，博士，知道我做好美食了？你回來得可真是時候。」海倫把一個盤子端進客廳，盤子裏是幾塊蛋糕，「快來嘗嘗吧。」

「噢，這可是一定的。」南森眼睛直直地盯着蛋糕，海倫的手藝一流，這可是大家公認的。

「可不要多吃呀，你現在剛剛恢復過來，吃太多油膩的不好，湯可以多喝一些……」

「我已經好了，完全好了。」南森連忙説，他怕只能吃一塊蛋糕，「昨晚我和本傑明打槍戰遊戲，打到一點多都不睏，對吧本傑明……」

「哇，你們打遊戲不叫上我！」派恩叫了起來。

「博士──」海倫站在那裏，看着南森，「你剛才説什麼？」

「我……我……」南森一臉尷尬地站在那裏，像個犯錯的小學生。

「他説打遊戲到十一點……」本傑明站在海倫身後，邊説邊向南森使眼色。

「十一點也不行！」海倫轉身看着本傑明，本傑明連忙假裝若無其事，「博士身體剛好，必須十點睡覺，也不能打遊戲，本傑明，叫你看着他，結果你和他一起打遊戲……」

「我……我……」本傑明低着頭，抓着頭髮。

「博士，罰你只能吃一塊蛋糕！」海倫很嚴肅地對南森説。

「啊？」南森叫了起來，「還是三塊吧？下次我注

意⋯⋯」

「那博士的蛋糕給我吃吧？」派恩連忙對海倫笑着說，「我在丹麥很辛苦，眼睛還被迷了，我需要營養⋯⋯」

「嗨，派恩，你這小饞鬼，還要吃我的蛋糕。」博士連忙說，「本來今晚要帶你一起打遊戲的，賽車和槍戰，現在不叫⋯⋯啊⋯⋯」

南森意識到什麼，更加尷尬地看着海倫，捂住了嘴巴。

「哇——哇——我要被你們氣死啦——」海倫大叫起來，「全都不許吃我做的蛋糕了——」

「不要呀——」南森和本傑明、派恩連忙衝過去，圍着海倫身邊央求她。

「蛋糕？」保羅站在一邊，看着他們笑了起來，「有那麼好吃嗎？難道有潤滑油好吃？」

麥克警長，蘇格蘭場（倫敦警察廳）高級督察，南森和警方的聯絡人，也是一名大偵探，屢破奇案。當然，他所偵辦的都是人類世界中的案件。一起來看看他偵辦過的案件，運用你的推理能力，想一想他是如何破案的呢？

入室搶劫案

倫敦郊外，一幢別墅裏，別墅的主人喬爾先生遇害了。他獨居在此，他的一個朋友提前一周就約了和他去釣魚，時間到了後打了一天電話都無人接聽，朋友起了疑心，前往查看，從窗戶裏看到喬爾先生倒在地上。麥克警長帶着手下前來，經過勘驗，喬爾先生五天前死於一場入室的謀殺，他是被花瓶擊中頭部死去的，他的家中丟失了不少錢財，看起來這是一宗入室搶劫案。

這一地區的治安狀況良好，經過了解，喬爾先生為人隨和，也沒有什麼仇家，不大可能有人上門尋仇殺害並造成搶劫的假像。

麥克警長陷入深思之中，現場似乎找不到什麼很有價值的線索，作案的痕跡被作案者抹去不少。麥克警長來到別墅的前院，看到大門旁扔着一份報紙，報紙是被塑膠袋包裹住的，麥克知道，這是送報員每日都會扔進來的報紙，用塑膠袋包裹是怕雨淋濕了報紙，麥克打開報紙，發現報紙是五天前的。

　　麥克想走訪下左鄰右舍，看看他們有什麼發現。

　　「左邊這家不用去問了，也沒有人，全家一周前外出旅行了。」一個警員對麥克說，「右邊那邊有人在……」

　　麥克點點頭，隨意向左邊鄰居家看了看，只見他家門口也有五、六份用塑膠袋包裹着的報紙。

　　「好了，我知道誰是兇手了。」麥克警長突然對那個警員說。

　　按照麥克警長說的，他們果然抓到了兇手。

　　請問，兇手是誰？麥克警長是怎樣推斷出來的？

答案：兇手是送報員，他本是誰鄰居家外出了，送報員每天都把報紙塞進郵箱，是兇手也從被害人家拿走報紙了，只有送報員知道屋裡沒死了，所以連報紙都被塞進了。

魔幻偵探所 26

魔鬼來電（修訂版）

作　　者：關景峰
繪　　圖：陳焯嘉
策　　劃：甄艷慈
責任編輯：周詩韵
美術設計：李成宇
出　　版：新雅文化事業有限公司
　　　　　香港英皇道499號北角工業大廈18樓
　　　　　電話：（852）2138 7998
　　　　　傳真：（852）2597 4003
　　　　　網址：http://www.sunya.com.hk
　　　　　電郵：marketing@sunya.com.hk
發　　行：香港聯合書刊物流有限公司
　　　　　香港新界大埔汀麗路36號中華商務印刷大廈3字樓
　　　　　電話：（852）2150 2100　傳真：（852）2407 3062
　　　　　電郵：info@suplogistics.com.hk
印　　刷：中華商務彩色印刷有限公司
　　　　　香港新界大埔汀麗路36號
版　　次：二○一九年二月初版

ISBN : 978-962-08-7219-8

魔幻偵探所